САЙВ

Джон Б. Кін

John B. Keane

САЙВ

П'ЄСА У ДВОХ ДІЯХ

З ПЕРЕДМОВОЮ І КОМЕНТАРЯМИ
ДЖОАННИ КІН О'ФЛІНН

З англійської переклав
Андрій Маслюх

Сайв

This Ukrainian translation originally co-published in Ireland by Mercier Press and Literature Ireland in 2025

Published as *Sive* by Mercier Press
Original three act version first published 1959
This two act version first published in English 1986

Copyright © John B. Keane Occasions, 2009
Notes and Introduction copyright © Joanna Keane O'Flynn, 2009
Translation copyright © Andriy Masliukh | Андрій Маслюх

ISBN 978-1-78117-717-4
eISBN - 978-1-917453-93-6

Design by Literature Ireland
Typesetting by Dmytro Podolyanchuk
Editing by Kateryna Mikhalitsyna

LITERATURE IRELAND
Promoting and Translating Irish Writing

MERCIER PRESS

ЗМІСТ

ДІЙОВІ ОСОБИ

Нанна Ґлавін	Літня жінка (мати Майка Ґлавіна і бабуся Сайв)
Мена Ґлавін	Дружина Майка Ґлавіна
Сайв	Позашлюбна онука Нанни Ґлавін
Томашін Шон Руа	Сват
Майк Ґлавін	Господар дому (чоловік Мени Ґлавін, син Нанни Ґлавін)
Ліам Скваб	Тесля, коханий Сайв
Шон Дота	Старий фермер, претендент на руку Сайв
Петс Бокок	Мандрівний бляхар
Карталон	Його син-музи́ка

Дія п'єси відбувається на кухні невеликого сільського дому Ґлавінів у віддаленій, горбистій частині південної Ірландії.

ВСТУП

Мої батьки, Джон Б. Кін і Мері О'Коннор, одружилися 5 січня 1955-го. Того ж року вони купили бар «Ґрейгаунд» на Вільям-стріт, 37, у місті Лістовел. Якось пополудні, коли за шинквасом стояв мій батько, до закладу завітав на чарчину якийсь змарнілий на вигляд, літній уже чоловік, оголосив усім і кожному, що йому знайшли пару й невдовзі він одружиться, а тоді попросив мого заскоченого зненацька батька піти з ним до найближчої ювелірної крамниці й допомогти купити для майбутньої нареченої обручку. Батько прохання виконав і не згадував потім про цю зустріч кілька місяців, аж доки не жахнувся, почувши від одного приятеля, що той старий таки й справді одружився з надто молодою для нього дівчиною. Та була глибоко нещаслива й урешті-решт потрапила після нервового зриву до лікарні. Ця історія не давала моєму батькові спокою ще довго. Болісний досвід тієї бідолашної дівчини й послужив йому матеріалом для написання «Сайв».

Батько експериментував зі словом з дванадцяти років і сягнув такого-сякого успіху завдяки опублікованим у «The Evening Press» та «Ireland's Own» статтям, а також радіоп'єсі, поставленій на радіо RTÉ. На написання «Сайв», утім, його надихнула відзначена нагородами постановка «Ночі всіх святих» Джозефа Томелті, на якій він побував у Лістовелі разом із матір'ю. «Повернувшись того вечора додому, я аж горів від нетерпіння і повнився ідеями. Я відправив Мері спати, а сам налив собі пінту пива. Посидів трохи біля вогню, а за чверть години дістав свій зошит і олівець. Узявся писати і за шість годин, а точніше до 6:30 ранку, написав першу сцену «Сайв»» [«Автопортрет», 1966]. Протягом двох тижнів батько створив першу версію «Сайв», довго її переробляв, редагував і вmessage-решт подав до театру «Еббі», проте спіткався з розчаруванням, коли через п'ять тижнів п'єсу повернули йому поштою назад. А тоді його підтримав місцевий драмгурток, який і поставив «Сайв» у бальній залі Волша в Лістовелі 2 лютого 1959 року. Потому п'єса перемогла у фіналі Всеірландського фестивалю аматорської драми 1959 року в Атлоні. Того ж року театр «Еббі» на тиждень запросив лістовельський драмгурток із «Сайв» на свою сцену, де п'єса мала неабиякий успіх у публіки.

Завдяки популярності «Сайв» Джон Б. Кін утвердився як письменник і отримав поштовх написати ще кілька п'єс, романів, оповідань та віршів.

«Отакий якийсь я письменник. Який я письменник, не знає ніхто, а вже найменше — я сам. Мені хотілося б, щоб люди казали колись: "Отаким він був письменником. Говорив не так, як інші"» («Автопортрет», 1966).

Захоплене цок-цок-цокання його друкарської машинки залишиться зі мною назавжди.

Джоанна Кін О'Флінн

ДІЯ ПЕРША

СЦЕНА ПЕРША

[Кухня бідно обставлена, з відкритим вогнищем у лівій стіні. Двері ліворуч від вогнища ведуть до спальні. У стіні навпроти глядачів — невелике вікно і двері, що виходять на подвір'я перед домом.

Між дверима та вікном — великий креденс, зверху заповнений посудом. Нижня його частина ховається за дверцятами. Треті двері — у правій стіні кухні; обіч них стоїть невеликий робочий стіл. Над ним висить дзеркало. Під столом видно два відра і бляшану балійку. Між дверима і столом — 20-галонний бідон для вершків, а також пів мішка разового борошна і пів мішка звичайного.

Посеред кухні — чималий стіл. Ще там є шість стільців із плетеними з солом'яної мотузки сидіннями: два біля столу, два біля вогнища, ще два — обабіч креденса.

Над вогнем висить чорна сковорода з довгою ручкою, в кутку стоїть великий чорний чайник. На столі — емальоване відро з питною водою.

Діється все це не так і давно, одного пізнього й не вельми погожого березневого вечора.

Біля вогнища сидить згорблена від старості жінка в чорному і нишком курить глиняну люльку; це Нанна Ґлавін, *мати господаря дому. В одній руці у неї великі щипці, якими вона ліниво поправляє вогонь, другою ж рукою знай підносить від колін до рота люльку.*

Почувши, як піднімається дверна клямка, Нанна *квапиться сховати люльку і випускає щипці. Коли вона підносить спідницю, щоб запхати під неї люльку, глядачам упадає в око чималий клапоть червоної нижньої спідниці та високі, обв'язані мотузками на гомілках чоботи.*

Ледь встигає стара поправити спідницю, як до кухні заходить ще одна жінка — міцна, пропорційно збудована, з суворими рисами обличчя; їй близько сорока, чорне, мов воронове крило, волосся стягнене ззаду в пучок так туго, аж здається, наче спереду в неї волосся взагалі немає або ж вона носить чепець. Це — Мена, *дружина господаря.*]

Мена: Тхне димом!

Нанна: [*Сердито*] Ти ж залишила вогонь, коли виходила.

Мена: Стара, це дим не від торфу, це дим від тютюну!

Нанна: Тютюновий дим, ти ба! [*Хапає щипці і розворушує вогонь.*]

Мена: В ім'я всього, що померло і щезло, чому б тобі просто не дістати люльку і не закурити? А то горбатишся там, як той кіт, що краде молоко.

[Мена *нахиляється і бере з-під робочого столу одне відро, ставить його собі під ноги і наливає в нього воду для пиття з повного емальованого відра, яке потому повертає на місце.*]

Нанна: [*Роздратовано*] Та не бряжчи вже аж так!

[Мена *черпає з мішка у відро кілька пригорщ разового борошна.*]

Мена: Еге, бряжчати тільки тобі можна. Годі теревенити, може, виймеш уже ту люльку і не ховатимеш її щоразу, коли ми заходимо до кухні?

Нанна: Овва, й такі-ото докори я маю вислуховувати денно й нощно — і то у власному домі? Ох, невдатний то був день, коли мій син узяв тебе за дружину. Як добре було тут без тебе! Ліпше б ти на цю пору трьох-чотирьох дітей народила.

Мена: У мене були свої статки, і сюди я прийшла не тому, що не мала даху над головою. Діждалася б належного часу, то могла б тепер жити зовсім інакше. [*Піднімає відро й обертається до дверей.*]

Нанна: Ми всі знаємо, що ти могла, дівчино, і якого ти роду... і з якого дому! [*Нанна видає гучний смішок.*] Ви ж там зі слоїків з-під варення чай пили, бо горнят не мали. Ні, справді, про себе можеш мені не розповідати. Ти була гарним надбанням, нівроку!

Мена: Нічого тобі робити, тільки базікала б. Молитися треба, якщо вже дожила до таких літ, а не тріпати своїм поганим язиком... Де був той бевзень, твій син, доки я сюди не прийшла? Брав мула і тягав із землі закам'янілі колоди, ходив, мов якийсь пришелепуватий, з похнюпленою головою... мене від твоєї пихи вже аж нудить. Витягни свою брудну люльку, жінко, і заткни собі нею горлянку. Мені є чим зайнятися, буду ще тут з тобою сперечатись.

[Мена *піднімає клямку, однак тієї самої миті двері відчиняються і заходить гарненька дівчина. Їй близько 18-ти, вона одягнена в уже трохи замале сіре твідове пальто. На голові у неї тонка шаль, а в руці — ранець з книжками. Це —* Сайв. *Коли вона заходить,* Мена *зачиняє двері і пильно дивиться на неї. Відчуваючи на собі* Менин *погляд,* Сайв *ставить ранець на великий стіл.*]

Сайв: Я затрималася на виїзді з села. Переднє колесо велосипеда спустило, а потім, як на те, почало спускати і заднє. Це все через зношені шини. Мені пощастило, що дорогою їхав учитель: підвіз мене аж до кінця путівця. [*Вона розв'язує шаль.*]

Мена: Ну, так, звісно — вчителі й автомобілі. А тепер ти, певно, сподіваєшся від мене гарячої вечері, яка має парувати на столі, коли б ти не надумала прибитися додому.

Сайв: О, ні!.. У нас сьогодні був урок куховарства в монастирі, то ми з дівчатами там і повечеряли. Фрикасе з дортуа на десерт. Така смакота!

Мена: Бережіть нас, святі угодники! У полі тобі, дівчино, треба працювати, з якимось фермером, а не у хмарах літати. З тебе теж нічого доброго не буде, як і з тої колись!

[Мена *підносить відро і виходить. Сайв знімає пальто і перекидає його через руку. Під ним — коричнева з білим коміром шкільна форма.*]

Сайв: Про кого це вона, бабцю? З тої колись... Кого вона мала на увазі?

Нанна: Таж ця жінка плете що попало! [*Задирає спідницю і вкладає до рота люльку.*] Ну от, пипоть їй на язик, погасла!

Сайв: Вона ж про мою маму, правда, бабцю?

Нанна: [*Дістає з кишені коробку сірників і прикурює люльку.*] Про твою маму?

Сайв: Ну, бабцю, таки ж про мою маму, еге? Її вона мала на увазі?

Нанна: Вона не наважилася б згадувати всуе її ім'я. Твоя мати, хай змилосердиться над нею Господь, була все-таки моєю донькою... то лише отруйна балаканина, дитино, слова на вітер. Вона ж завжди така, хіба ні? Це як хвороба, розумієш... Якби не випускала все це через рот, то її всипало б чиряками і виразками по всьому тілу. Якщо ти звертаєш на неї увагу — що ж, тим гірше для тебе!

Сайв: [*Кладе пальто на книги, що лежать на столі, й сама сідає на край столу обличчям до бабусі.*] Бабцю, я про свою матір знаю тільки те, що вона померла, коли я була маленька. Щоразу, коли я розпитувала про неї, ви всі лише голову мені задурювали і казали, що не знаєте або забули... А мій батько... казали, що він потонув, і більше нічого. Я ж хочу знати, якою він був людиною. Чи був веселим, чи був вродливим? Чому його

	не було біля мами, коли я народилася? Що ж то за батько, якщо залишив її страждати тут на самоті?
Нанна:	Він поїхав був до Англії, то не міг бути і тут, і там одночасно. Потонув, бідолаха, через кілька днів після твого народження. Видобував вугілля, коли вода піднялася і затягнула його в пастку. [*Задумливо й сумно*] Ген далеко, в Англії.
Сайв:	Яка я була, коли народилася? А тепер на кого схожа — на батька чи на матір?
Нанна:	Запитання! Запитання! Самі тобі запитання! Та звичайнісіньким немовлям ти була, такою-от маленькою грудочкою! Я добре пам'ятаю ніч, коли ти народилася. Лікар приїхав із села на своїй новенькій машині. Пригадую дві круглі вогняні кулі, що піднімалися вгору путівцем. Старі люди божилися, що то диявол, але насправді то були лише дві автомобільні фари, які світили в темряві. [*Смокче люльку, проте намарно.*] Оцей сьогочасний тютюн — та й дідькові в зуби!
Сайв:	Розкажи мені більше про маму, бабцю. Вона ж була вродлива, правда?
Нанна:	[*З жалем у голосі*] Та була, була… аж надто. [*Скрушно хитає головою.*] Вона була красунею, царство їй небесне.

[*Двері нечутно прочиняються, й у них, мов у рамці, з'являється* Мена *з порожнім відром в руках.* Сайв *із* Нанною *її не помічають.*]

Сайв:	Ще, бабцю! Розкажи ще щось! У тебе ж, напевно, ціла купа історій про мою маму замолоду.
Нанна:	Та що тут ще розповіси?

[*Вона підводить голову, дивиться повз* Сайв *у напрямку дверей і намагається показати внучці, що на порозі стоїть* Мена, *а тому похапцем ховає свою люльку.* Сайв *нараз здогадується, заскочено озирається і хутко зістрибує зі столу.*]

Мена: Аж дивно, як це ти здогадалася забрати свій зад зі столу, за яким люди їдять. Це тебе в монастирі такого навчають?

[*Присоромлена* Сайв *бере зі столу пальто і книжки.* Мена *ставить відро під робочий стіл.*]

Мена: Ми з твоїм дядьком працюємо до сьомого поту, щоб дати тобі освіту, але варто мені відвернутися, як ти вже шепочешся по кутках з тою набурмосеною старою. [*До* Нанни:] Колись ця люлька спалахне там, де ти її сховала, і ти вибухнеш великим чорним клубом диму та попелу.

Нанна: [*Поволі*] Якщо так і станеться, то я вже помолюся, щоб мене понесло вітром до тебе: матиму тоді втіху забрати тебе з собою. О, ти б добре горіла, бо ж усередині суха, як пекельне каміння. Кожна жінка твого віку на парафії має дитину, а ти цим похвалитися не можеш.

Мена: Прикуси язика, стара. Як ти взагалі смієш сипати прокльонами в моєму домі? Я не винна, що не маю дитини. [*Кидає виразний погляд на* Сайв.] Досить уже тих, хто родив тут дітей раніше. На цей дім я маю повне право. За свою частку я дорого заплатила.

Нанна: Я була тут до тебе.

Мена: Але після мене тебе вже не буде!

Нанна: На це воля Божа, жінко, не твоя.

Мена: [*До* Сайв — *голосно:*] Бери ті книжки і йди до своєї кімнати. Думаєш, ми для краси тебе тримаємо? Сестрам з монастиря розповісти б про твою поведінку — їм було б цікаво, я певна.

[Сайв *квапливо рушає до дверей праворуч і кидає на ходу швидкий погляд на бабусю позаду.*]

Мена: Якими ж то небилицями ти забиваєш дівчині голову, га? Вона ж, якщо тебе слухатиме, зробиться тупа, як ворона; замість учитися, марнує тут час з тобою. В її роки я, щоб відкласти собі на посаг, працювала в батьковому домі від світання до смеркання.

Нанна: Ото там, у домі твого батечка, й було залишатися... [*Глузливо*] Той ще батечко — напівголодний гордяк-жебрак, та ще й іспанська кров у жилах бурхотала — чисто тобі голодний хортячий приплідок.

Мена: [*Погрозливо*] Ой, стара, не давай язикові аж такої волі, а то всохне тобі прямо в горлянці. Ти пильнуй свій куток, а я буду пильнувати свій. Як на жінку, що не має нічого за душею, щось надто вже ти на той язик гостра.

Нанна: [*Бере щипці.*] Там телята ревуть, молока хочуть.

[Нанна *спирається на щипці і підводиться, а тоді з брязкотом випускає їх з рук і йде, злегка згорблена, слідом за* Сайв *до кімнати праворуч від кухні, не зважаючи на погляд, яким проводжає її* Мена.

Коли стара зникає за дверима, Мена *підходить до вогню і поправляє його щипцями, потому йде до креденса, відчиняє одну з шухляд і дістає звідти фартух, який зав'язує собі на талії. Підступивши до вогню, вона знімає з кужби сковороду і чіпляє натомість чайник. Обидві посудини бере через край фартуха, щоб не обпектися. Потім іде до робочого столу і дістає друге відро, прислухаючись тим часом, що діється у кімнаті, куди пішли* Нанна *із* Сайв.

Поки вона порається так на кухні, у двері знадвору ледь чутно стукають. Мена *миттю обертається, дивиться в дзеркало і похапцем пригладжує волосся, а тоді ступає крок до дверей.*]

Мена: Заходьте, заходьте!

[*Двері поволі відчиняються, і на кухню обережно зазирає чоловік. На розкуйовдженому волоссі у нього стримить зім'ятий фетровий капелюх, та й узагалі він, таке враження, не голився вже цілий тиждень. Шельмуватий на вигляд, завжди насторожі. Йому десь сорок. Спинивши очі на* МЕНІ, *він знімає капелюха і запихає його в кишеню пальта. Це —* ТОМАШІН ШОН РУА, *сват.*]

Томашін: Ти сама, паніматко? [*Він роззирається навколо.*] Чи тут ще хтось з тобою? [*Говорить хрипкувато, дуже довірливим тоном, зумисне розтягуючи на характерний для південного заходу манір слова.*]

Мена: Сама, сама, як завжди. Заходь, прошу, не стій, мов те опудало, у дверях.

Томашін: Бог нам у поміч, та хіба ж я й так не схожий завжди на опудало? Сватаю ото людей цілими днями, знаходжу їм коханих, а жодної віддяки за це не маю.

[*Він заходить і йде до вогнища, а там обертається до вогню спиною і піднімає ззаду поли пальта, щоб потішитися теплом.* МЕНА *тим часом зачиняє двері і стає біля столу.*]

Мена: [*Трохи помовчавши*] До чого вся ця таємничість, Томашіне? Ти начебто маєш щось сказати.

Томашін: Страх яке колюче ниньки ввечері повітря. Не інакше, як дощить на заході, це певний знак, бережи нас, Боже, від усякого лиха... Господар дома?

Мена: Повів до села гурт пацят на продаж.

Томашін: Ах! У наші дні пацята — то грубі гроші. Вони ще врятують нам країну, згадаєш моє слово. Спродав ото двох пацят — і маєш більше грошей, ніж урядивши шлюб, Бог нам у поміч.

Мена: Якщо ти думаєш, що я цілий вечір слухатиму твої побрехеньки, то можеш уже забиратися і котитися далі своєю дорогою. Що тебе привело? Викладай усе, як є!

Томашін: [*Підозріливо роззирається довкола.*] Цікавських вух ніхто не розвісив?

Мена: Стара з дівчиною у себе в кімнаті, але тут можеш хоч криком кричати, вони навряд чи тебе почують. Якщо ти прийшов сюди когось сватати, хлопче, то тільки ноги даремно трудив.

Томашін: Томашін Шон Руа ніколи не завдає своїм ногам праці без причини. Є, отже, один чоловік, який страшенно вподобав собі молоду панну на ім'я Сайв. Бачив, як вона їхала на велосипеді до монастиря в селі. [*Врочисто хитає головою.*] Вона запала йому в серце. Він аж рота роззявляє мимоволі, коли про неї говорить, а це, жінки, певний знак любові!

Мена: Ти, бахуре, з глузду, бува, не з'їхав? Вона ж іще школярка... та ще й позашлюбна! Про свого батька не знає нічого, а мати так від того сорому і померла, скоро вже років двадцять буде.

Томашін: Позашлюбна! Отож-бо й воно, це слово пристало до неї міцно і важить немало. Ну, та хай там як, а задатки жінки вона має.

Мена: Дурня! Верзеш таке, що й купи не тримається.

Томашін: Ох! Але ж є у неї те, чого ми, Бог нам у поміч, не будемо мати вже довіку... Є молодість, є фігура, є личко — і це переважить усе. Це ж молодість, власне, чорт забирай, молодість — те, за чим просто гинуть усі старі. Це передсмертна гарячка такий фортель з ними викидає, не інакше.

Мена: Старі? Які ще старі?! [*Голос у неї підвищується.*]

Томашін: Тихіше, жінко!.. Тихіше, бо завтра про це буде теревенити вже вся парафія!.. Та нехай би навіть та дівчина була чорна на виду і кінські копита мала... чоловік, про якого я кажу, нею просто зачарований. Він купить, продасть і віддасть усе, щоб її здобути. Словом, він хоче цю дівчину.

Мена:	[*Враз насторожується.*] То хто ж її хоче?
Томашін:	Мено, нічого нам із тобою ходити тут околяса. Це — Шон Дота.
Мена:	Шон Дота!
Томашін:	Придержи язика, жінко! Слухай, що кажу. У нього двадцять корів на вигоні. А на додачу — сила іншої вгодованої худоби і купа грошей.
Мена:	Таж він старий, як світ!
Томашін:	І заразом — гартований пройда, страх який падкий на жінок; ця пристрасть учепилася до нього, мов лишай, і нема на це ліку. І що з того, що він сивий, як цап? Багато хто з молодих ожениться ото, а за якийсь рік уже на жінку й не гляне, кохання було — та загуло. А цей хлоп має характер. Заради молодої дружини він і Шеннон переплив би. Балував би її, бігме, балував би. Ще й добра винагорода є для всіх, хто до цього діла докладеться. Не поспішай, щоб потім не шкодувати.
Мена:	Усі ви, свати, такі: і з кропиви троянду зробите, аби лиш урядити оборудку.
Томашін:	У нього дім — їй і робити нічого не треба, заходь і розпоряджайся. Є пара слуг — хлопець і дівчина. На задньому дворі — джерельна вода, є також поні і бідарка, щоб їздити у село.
Мена:	Шон Дота! [*Задумливо*] У дівчати ж ламаного гроша нема за душею.
Томашін:	Не треба йому посагу, кажу тобі. Щоб її здобути, він і сам заплатить.
Мена:	Сам заплатить! Гляди, втрапиш іще за таку брехню та дідькові в зуби. Зроду не чула, щоб якийсь фермер платив сам, а не вимагав, щоб заплатили йому. Що ще ти мені тут нагородиш?

Томашін: [*Простягає обидві руки.*] А це все підстаркувата кров у жилах того пройди… Ах! Так воно, дівчино, ведеться з давніх давен. Старий чоловік і молода жінка. Зазнавши такого удару, стриматися він уже не в змозі. В ньому прокидається туга, що накипіла за всі ці роки.

Мена: [*Помовчавши*] То, кажеш, заплатить за неї?

Томашін: Та щоб у мене права рука відсохла, якщо ні! Двісті соверенів для тебе, якщо дівчина погодиться.

Мена: [*Підозріло*] А тобі що? Ти ж не з доброти душевної за це діло взявся.

Томашін: Я матиму сто фунтів.

Мена: Двісті фунтів… Вона його засміє, літає ще, знаєш, у хмарах.

Томашін: Еге! Легко не буде. [*Він підходить на кілька кроків до* Мени, *схиляє голову, змірює її пильним поглядом і щойно тоді продовжує.*] У хмарах чи не у хмарах, а дати з цим раду зумієш лише ти. Хіба ж вона не прижитна дитина?.. Скажи їй, що роздзвониш про це по всій парафії, хай лише пискне щось проти тебе. Скажи, що запроториш стару до богадільні. Подумай про двісті соверенів у жмені. Про грубу пачку банкнот за пазухою. Двісті фунтів щодня на дорозі не валяються.

Мена: Дівча ж норовисте, як лоша. Погрози можуть усе тільки погіршити.

Томашін: Тоді будь шовковою, будь хитрою! Візьми її лагідністю. Розкривай карти не всі нараз, а по одній. Спочатку назви ім'я — обережно, щоб не заподіяти чоловікові шкоди. Можеш згадати, який гарний у нього дім. Можеш сказати, що він уже й так одною ногою в могилі: рік-другий — та й по ньому, а вона тоді вибере собі будь-якого хлопця на парафії.

Мена: Буде крутити перед ним носом, це точно!.. У наші дні всі б лише кохали і романсували, а вигоди й гаразди вже нікому не в голові. [*На мить змовкає.*] Двадцять корів і грошей кури не клюють! [*Задумливо*] Нічого кращого їй не світить, хай чваниться хоч до скону. Глянь, що прижила у шлюбі я: чотири корови на схилі гори та кілька акрів болота.

Томашін: Пам'ятай, двісті соверенів чекають на тебе, якщо посприяєш Шонові Доті в цьому ділі.

Мена: Я подумаю [*Якусь хвилю мовчить.*] ... Стара буде проти. Вона дівчам крутить на всі боки, як собі хоче. Такі затяті обидві, як пара злодіяк.

Томашін: А ти поволі, обережно, крок за кроком. Розпиши їй, який це для неї шанс, який гарний вона матиме одяг, як заздритимуть сусіди. Там дім — чисто тобі єпископський палац: шпалери на кожній стіні і, не здивуюсь, горщик під кожним ліжком. Житиме-поживатиме у тім домі, мов якась королева.

Мена: [*Задумливо*] А я її позбудуся та ще й двісті фунтів зароблю на додачу. Оце так-так!

Томашін: І старої позбудешся.

Мена: [*Насторожено*] Це ж як?

Томашін: Включимо її в оборудку разом із Сайв.

Мена: І я нарешті матиму з ними обидвома чистий спокій!

Томашін: Такий шанс більше не випаде.

Мена: Як думаєш, візьме він стару?

Томашін: Та чи знаєш ти того чоловіка? Скільки років Шон Дота прожив уже на білому світі? А скільки років шукає собі по всьому краю молоду жінку?

Мена: То візьме він стару чи не візьме?

Томашін:	Кажу тобі, щоб здобути Сайв, він що завгодно візьме.
Мена:	Ото було б у домі свято! Роками вже мордують мене обидві, ненавидять, просто рятунку від них нема. Я би праву руку віддала, тільки прибрати б ту стару каргу собі з дороги.
Томашін:	Ох, Бог нам у поміч, тобі через них, бачу, й життя не миле.
Мена:	От навіщо щодня відправляти ту малу мандрьоху в монастир, а не в поле, до якогось фермера, щоби щось трохи заробляла? Страшні гроші на неї йдуть, бо її дурноверха мати на смертному одрі благала дати їй освіту.
Томашін:	Це смертний гріх!
Мена:	Та ще гірше! Це проти природи. У неї мають відкритися очі.
Томашін:	Я часто дивуюся, як ти взагалі це терпиш.
Мена:	Ну, все, тепер мучитися мені вже недовго.
Томашін:	[*Радісно потирає руки.*] Я знав, до кого найперше звернутися, від самого початку знав. Щоб дістати з яблучка зернятко, треба до серцевинки добратися.
Мена:	А мій?.. Що він скаже?
Томашін:	Хіба ви не в одному ліжку спите? От і поговориш з ним по-своєму. Ти його напоумиш, завиграшки напоумиш. Ти ж не дурепою якоюсь народилася, Мено. Я знаю, що таке довгі-предовгі нічні години. Знаю, що таке скніти на самоті у домі, де єдине, що почуєш, — то зітхання, останнє зітхання полум'я у пригаслому вогнищі… у домі, де тебе не зігріє жодне людське слово. Я — чоловік самотній. [*Страшенно серйозним тоном*] Я знаю, як воно чоловікові без жінки, яка ділить з ним ліжко. Він або тяжко п'є, або суне куди очі зирять

під чорним небом, коли кожне-кожнісіньке око вже давно склепив сон. У тебе ж усе зовсім інакше. У тебе є чоловік. У тебе є супутник. Уві сні чи наяву, але ти маєш чоловіка з плоті та кісток, і між вами панує згода. Він триматиметься того ж слова, що й ти. [*Скрадливо*] Скажу тобі так, небого: стели м'яко, але на своєму стій твердо… Пам'ятай про двісті соверенів.

Мена: [*Задумливо, ніби прораховуючи щось у голові*] Легко сказати!

Томашін: [*Торкається її руки.*] Про гроші треба думати, насамперед про гроші. [*Тут-таки забирає руку, підходить до вікна і визирає надвір.*] Наче ні душі. [*Переводить погляд на Мену.*] Слухай, жінко, то я зайду ввечері зі своїм сватачем, так, ніби ми просто випадково проходили мимо. Ти, звісно, ні про що ні сном ні духом!

[*Раптом двері по правому боці сцени з грюкотом відчиняються, й заходить* Нанна.]

Мена: А це що за рейвах? Таж цього ніякі завіси довго не витримають. Ти мусиш гримотіти так на кожному кроці? Це злоба твоя з тебе вилазить, га?

[Нанна *не відповідає, підходить натомість до креденса і бере горня. Потому неквапом, виважено, йде до бідона з молоком. Дивлячись на* Томашіна, *піднімає кришку і занурює туди горня. Зачерпнувши молока, кладе кришку на місце.*]

Мена: Аякже, вершки для її світлості!

Нанна: Ти не бачиш, що дівчинка голодна? [*До Томашіна:*] Томашіне Шоне Руа, я тебе знаю. Щось недобре, ох, недобре привело тебе сюди нині. Підлості в тобі завжди було хоч відбавляй. За склянку пахти ти й душу дияволу продаси.

[*Стиснувши кулаки,* Томашін *ступає крок уперед, але язика прикушує і лише проводжає поглядом стару, яка розвертається і знову заходить до кімнати.*]

Томашін: От же ж відьма! Стара ненажерлива відьма! Відьомське насіння — відьомське пагіння! [*Від обурення голос у нього тоншає. До* Мени:] Видай заміж дівчину — і позбудешся тої старої чортиці!

Мена: Ану цить!.. Чую рух на дорозі... Це мій з села їде. [*Стривожено*] Забирайся геть... а сьогодні ввечері — обережно! Ним я займуся сама у свій час. До кількох фунтів він ніколи не був байдужий.

Томашін: [*Підходить до дверей і крадькома визирає надвір, а тоді повертається до* Мени.] То я буду тут зі старим ще до смерку.

[Томашін *відчиняє двері, зиркає наліво й направо і зникає.* Мена *бере з креденса три тарілки з горнятами і ставить їх на стіл. Підходить до бідона і, зануривши у нього глечик, набирає молока. Обтирає глечик своїм фартухом і наливає молока у горнята. З нижньої частини креденса вона дістає три великі ложки і кладе їх на стіл, а сама тим часом знай зиркає у вікно. Коли відчиняються двері,* Мена *не обертається. Заходить її чоловік —* Майк Ґлавін. *Під пахвою у нього неповний мішок сіна, який він кладе під робочий стіл. В руці — ремінний батіг із ясеновим держаком. Майк — спокійний, звиклий постійно бути в русі чоловік. Голос його звучить розважливо й категорично.*]

Мена: Ти вдома!

Майк: Еге!

[*Він одразу ж підходить до столу і сідає на найближчий стілець. Господар удома! Жінка мала б насторожитися. Майк нишпорить у правій кишені. Дістає звідти кілька банкнот і трохи срібла, а тоді кладе їх на найближчу тарілку. Незграбно розгладжує банкноти пальцями, складає їх і починає не звиклими до цього діла руками перераховувати срібло. Потому одним рухом засовує гроші назад до кишені.*]

Мена: Скільки сьогодні?

Майк: Що в тебе у сковороді?

Мена:	Скільки ти заробив?
Майк:	[*Навіть бровою не веде.*] 16 фунтів 10 шилінгів. Крону дав на удачу.
Мена:	То по чім одне паця?
Майк:	Я їх гуртом продав.
Мена:	Чудовий зарібок за день! І надовго таке?
Майк:	Надовго! [*На мить змовкає.*] Тепер усе вже зовсім інакше, ніж тоді, коли ми мало не злидарювали і не конче й мали чим потрусити в капшуку. Бачила б ти нині крамарів у селі! Як ті пташки співочі, знай кликали нас на ім'я, коли ми проходили повз них зі своїм товаром. [*Шумно*] А ще недавно, пригадую, за горло нас тримали. Навіть пів мішка борошна у борг дати не хотіли — відразу їм гроші на бочку. Тепер же все по-іншому: і торф у ціні піднісся, і свині з телятами не відстають. Аж серце радіє, коли бачиш, як крамарі шкребуть потилиці і кланяються. Гроші — то людині найкраще товариство. [*Знімає пальто і вішає його на гачок за кухонними дверима.*]
Мена:	У нас жодне зароблене пенні не пропаде.
Майк:	Та вже ж, не пропаде! [*Засовує руку в кишеню пальта, дістає звідти гроші, віддає Мені.*] Що маєш попоїсти, жінко?

[Мена *відповідає на запитання не одразу, тим часом загортає срібні монети в банкноти і кладе їх до кишені своєї спідниці.*]

Мена:	Бульба зварилася. Зготую ще ринку цибулевої підливи. Сядь на хвильку. Маю тобі дещо сказати.
Майк:	[*Спантеличено*] Ага… а що таке?
Мена:	Сідай сюди! [*Вона вказує на стілець, з якого він допіру підвівся. Чоловік сідає, вичікувально дивлячись на неї.*] Це про Сайв.

Майк: Про Сайв!

[Мена *сідає за стіл з лівого боку і кладе на стільницю руки.*]

Майк: То що там про Сайв?

Мена: З чого ж почати? [*Робить паузу.*] Словом, так: кажуть, Сайв хочуть узяти заміж.

Майк: [*Здивовано кривиться.*] Сайв?.. Заміж? Та не мороч мені голову, жінко. Це ж просто купи не тримається. Вона ще дитина... до школи онде ходить...

Мена: [*Сердито*] Вона вже досить доросла! А там двадцять корів на пасовиську, ферма без боргів, грошей кури не клюють.

Майк: У неї ж жодних статків нема. Який фермер з таких-от заможних візьме її без посагу?

Мена: Він хоче її саму, з грошима чи без. Подумай про двадцять дійних корів: житиме в гараздах до кінця своїх днів.

Майк: Вона ж інакша. Сидить у книжках, вчиться і ні про яке сватання й слухати не захоче. [*Хитає головою.*] Я її дядько. Коли померла моя сестра, я дав слово, що буду її підтримувати. Дівчинка ще замолода. І батька не має. Я за неї відповідаю.

Мена: А я тоді запитаю: це що, ти винен, що твоя сестра померла? Це ти винен, що вона народила дівчинку чи занадто вільно поводилася з чоловіками? [*Її явно розбирає гнів.*]

Майк: [*Застережливо*] Легше, дівочко! [*Убивче серйозним тоном*] Легше! За мірками цього світу, вона була дуже молода і дорого за свою нерозважливість заплатила, Бог нам у поміч. Постелила собі тернисте ложе. Глянь, який старий світ — і яка вічно нерозумна у ньому молодь.

Мена: А тепер ти послухай мене! [*Наполегливо*] Дитина народилася поза шлюбом. Це добре відомо всій парафії, від одного краю до іншого. Що ще їй залишається, коли вона не може назвати ім'я свого батька? Що кращого може зробити, отримавши такий шанс на добробут? Ти на себе глянь, чоловіче! На неї чекає прекрасна ферма, де її виглядають слуги, які вже подбають, щоб руки у їхньої пані були завжди гладенькі та чистенькі, тоді як жінки на парафії будуть бабратися по вуха в коров'ячому гної і баюрах. На що ще краще їй розраховувати? Хто її візьме, коли над нею висить така пляма і такий сумнів?

Майк: Я не знаю, жінко! Не знаю, як краще.

Мена: Ти знаєш, знаєш так само добре, як і я: те, що я кажу, — і є для неї найкраще.

Майк: Може, й так!.. Може, й так! [*Здивовано*] Але що ж то за чоловік: має таку чортову гибель корів та ще й готовий одружитися з дівчиною без посагу?

[МЕНА *на мить змовкає, дивлячись на нього з-під насуплених брів.*]

Майк: Ну?

Мена: [*Ще трохи мовчить, а тоді дивиться простовіч на нього.*] Шон Дота з-під горба.

Майк: [*З відвислою щелепою, повільно повторює ті два слова.*] Шон Дота!

Мена: [*Квапливо*] Поважний чоловік, який заробив собі вдосталь на життя. Завдяки цьому, до речі, ми і матері твоєї позбудемося. Сайв забере її за компанію з собою. Хіба ж це не чудово?

[МАЙК *зненацька зривається на ноги.*]

Майк: Ніколи!.. Та нехай навіть сонце і місяць із зорями впадуть з небес і розколять землю в мене під ногами... ніколи! Доки в мені б'ється життя, не буде цього! [*Гнів у його голосі змінюється на мольбу.*] Який же це дідько в тебе вселився, що ти взагалі можеш про щось таке думати? Навіть тоді, коли я був іще хлопчаком, Шон Дота вже був зрілим чоловіком. Йому про могилу думати час, а не про женячку. Яка дівчина хоча б гляне вдруге на нього — старого обсмоктаного курдупля?

Мена: Не квапся судити! Сядь і вислухай мене. Цей дім буде тільки наш, бо вона і стару забере з собою. [*У голосі її звучить натяк на любов.*]

Майк: [*Гучно*] Ніколи! Нехай навіть Син Божий знову піде земними шляхами! Ніколи не переступить вона поріг його дому.

Мена: Та сядь, чоловіче, а то ще догори зараз злетиш! Сядь отут!

Майк: Сядь, сядь… навіщо? Щоб далі слухати ті твої бздури? Та такого ще світ не чув! Ти не при своєму розумі.

Мена: Якщо ми видамо її заміж, то отримаємо двісті фунтів. [*Робить довгу паузу.*] Подумай, у якій пригоді стануть нам ці гроші. Скільки тобі довелося б гнути спину, щоб їх заробити? Ми довго зводили кінці з кінцями, ти ж сам допіру казав. Поміркуй про це, гаразд? Це ж якраз те, чого ми завжди хотіли. Сайв буде забезпечена, а ми позбудемося твоєї матері та її кпинів.

Майк: Ні! Ні! Тисячу, мільйон разів ні! Та я б через такий учинок ока не склепив до самого скону. Це ж усе одно, що взяти білу квітку-пухівку — і кинути її на купу гною. Жінко, в мені все аж кипить від самої думки про щось подібне. Таж сама подумай. Подумай, кажу! Сайв і той старий мертвяк, Шон Дота!

Мена: [*Заспокійливим, материнським тоном*] Сядь і вислухай мене.

Майк:	Та не сяду я!.. Я йду!
Мена:	[*Передражнює його, з сарказмом у голосі.*] Йдеш, он як! [*Сміливо*] Що ж, якщо ти йдеш, то я йду з тобою.
Майк:	[*Піднімає праву руку.*] Розмову закінчено, дівочко. Залиш мене. Я хочу піти сам. Дай мені спокій. [*Він дивиться на неї, переповнений сумнівами.*]
Мена:	[*Витримавши паузу*] Гаразд, іди! Іди геть. Тьху ти, не чоловік, а глевтяк якийсь.
Майк:	Я не глевтяк. Ти даси мені спокій чи ні?!

[*Раптом у пориві гніву він перекидає стілець, на якому сидів, і виходить, грюкнувши дверима.* Мена *підводиться і йде за ним, залишивши двері відчиненими й далі кличучи його на ім'я.*

Коли вони зникають за дверима, з кімнати виходить стара і дивиться їм услід, а тоді підступає до вогню, дістає люльку і запалює її. Тільки-но вона сідає, як до кухні, явно поспішаючи, заходить молодий чоловік, років дев'ятнадяти на око, гарний і мужній; говорить він культурно, ба навіть вишукано. Це ЛІАМ СКВАБ. *В руках у нього кілька коротких дощок і сумка з інструментами.*]

Ліам:	Зроду ще такої метушні не бачив. Спочатку, дивлюся — Томашін Шон Руа, сват, тікає з цього дому нишком через гору. Потім, бачу — Майк поспішає звідси так, ніби за ним дідько женеться, а насамкінець — Мена біжить за Майком і його гукає. Що тут узагалі діється? Чи вони всі з глузду поз'їжджали? [*Він кладе на стіл свої інструменти та дошки.*]
Нанна:	Аби тільки тебе тут не застали, Ліаме, бо вскочиш у халепу. Майк Ґлавін не має симпатії ні до тебе, ні до твоєї родини.
Ліам:	Та я б і не заходив, якби не був упевнений, що тут тільки ви з Сайв. Я був вище по дорозі, робив двері Шеймусові Доналу. Де вона?

Нанна:	[*Лукаво*] Хто?
Ліам:	[*З посмішкою*] Ну ж бо, стара інтриганко! Ви знаєте, хто у мене на думці.
Нанна:	[*Підводиться і гукає у кімнату до* Сайв.] Сайв, тут Ліам Скваб прийшов.

[*Заходить* Сайв.]

Сайв:	Ліаме!.. Ти чому тут?
Ліам:	Просто проходив у своїх справах.
Сайв:	[*Раптом стривожено сахається.*] Тебе ж заскочать! [*До* Нанни:] Де Мена... дядько Майк... Та його грець поб'є, Ліаме!
Нанна:	Будьте обережні і пильнуйте. Якщо вас застануть разом, не буде більше спокою в цьому домі.

[Нанна *виходить.*]

Ліам:	[*Бере* Сайв *за руку.*] То що, зможеш вислизнути ввечері з дому?
Сайв:	Спробую, але якщо не прийду вчасно, то не чекай.
Ліам:	Я все одно чекатиму до світанку.
Сайв:	Будь обережний. Дядько Майк тебе ненавидить.
Ліам:	І що з того, що він мене ненавидить? Може собі ненавидіти мене так само, як і будь-кого іншого.
Сайв:	[*Хвильку помовчавши*] Цікаво, що Мена з дядьком Майком роблять на болоті?
Ліам:	Та хто їх знає. Я бачив, як недавно звідси ще й сват виходив, Томашін Шон Руа.
Сайв:	Томашін Шон Руа! Що тому чортяці тут треба?
Ліам:	Нічого доброго, можу закластися. Уяви собі, вряджати шлюби між людьми, які раніше в очі одне одного не бачили.
Сайв:	Жахливо, правда?

Ліам: На селах, кажуть, у цьому є потреба.

Сайв: Це жахливо, Ліаме. Ти б одружився з людиною, якої ніколи раніше не бачив?

Ліам: Я б не одружився ні з ким, крім тебе, Сайв, я ж тебе кохаю. Як я можу одружитися з кимось іншим?!

Сайв: [*Після паузи*] Тобі краще піти. Якщо нас застануть разом...

Ліам: [*Бере зі столу свої речі.*] Я чекатиму на тебе ввечері, доки ти прийдеш.

Сайв: Якщо я не прийду тоді, коли сказала, то йди додому. Чекати там потемки холодно і самотньо.

Ліам: Вдома так само холодно і самотньо.

Сайв: Слухай, якщо я не прийду, зустрінемось завтра дорогою зі школи.

Ліам: Спробуй прийти, якщо зможеш.

[*Заходить сердитий* Майк.]

Майк: А це що таке? [*Підвищує голос.*] Що це таке, я питаю? Що робиш у моєму домі ти, Ліаме Сквабе? Як посмів один з твого кодла переступити поріг мого дому?!

Сайв: [*Боязко*] Він просто проходив мимо...

Майк: Просто проходив мимо! Проходив! Авжеж, як той щур, коли побачив, що гніздо порожнє. Прокрався, проліз у дім, поки ми були надворі.

Сайв: Нікуди він не крався і не ліз.

Майк: Іди до своєї кімнати... Іди!

[Сайв *виходить.*]

Ліам: [*Спокійно*] Сайв ні в чому не винна.

Майк: Я знаю твоє кодло, Сквабе, знаю, хто ти, і знаю, чого ти шукаєш.

Ліам:	Не треба говорити про це таким тоном.
Майк:	Я ж знаю, Сквабе, чому ти тут.
Ліам:	[*Спокійно*] Я й не заперечую. Я тут через Сайв.
Майк:	Я добре знаю, що тобі треба.
Ліам:	Ти знаєш одне, а я знаю інше. Кажу тобі, мені потрібна Сайв і нічого більше. Я кохаю її.
Майк:	Так само, як твій кревняк, зміюка, кохав її матір, ага, і підло обдурив. Обіцяв одружитися, закрутив їй голову і залишив з дитиною без прізвища.
Ліам:	[*Спокійно*] Я знаю, хто батько Сайв. Це не моя провина.
Майк:	Це провина твого кревняка, а ви з ним одного роду.
Ліам:	Ти знаєш не гірше за мене, що він би з нею одружився. Знаєш, що він поїхав до Англії, щоб побудувати для неї дім, але потонув. Так і не дізнався, коли їхав, що вона при надії.
Майк:	Гарно вмієш байки правити, ні? Язик добре підвішений, говориш як по-писаному, ніби тобі цілий світ належить. Як твій клятий кревняк.
Ліам:	Він же помер, правда? Чого ще ти хочеш?
Майк:	Я хочу, щоб ти забрався звідси геть і тримався подалі від Сайв. Я хочу, щоб ти більше й очей на неї не підняв, інакше заплатиш так само дорого, як заплатив твій кревняк.
Ліам:	Ти не можеш розпоряджатися життям і щастям двох людей, які кохають одне одного.
Майк:	[*Люто*] Не можу розпоряджатися... от же ж нахаба... ану, геть звідси, вискочко... Геть! Пішов!
Ліам:	[*Мовчить, а тоді обертається до дверей.*] Подивимося.
Майк:	[*Реве*] Геть, хамуло, геть...

[Ліам *виходить, з відразою махнувши за спиною рукою,* а Майк *на кухні аж кипить від гніву. За мить він підходить до дверей і кличе* Мену.]

Майк: Мено! ... Мено! ...

[*Й далі гукаючи дружину,* Майк *виходить.*]

ЗАВІСА

СЦЕНА ДРУГА

[*Вечір. На полиці над вогнищем горить гасова лампа.*

Сайв *і* Майк *із* Меною — *на кухні.*

Майк *сидить біля вогню. На колінах у нього лежить сильно зношений і латаний-перелатаний кінський хомут. Великою вигнутою шевською голкою він пришиває до хомута шматок мішковини.*

Сайв *сидить біля найдальшого від* Майка *краю столу, біля неї — відкритий ранець з книжками. Вона схилила голову над книжкою й упівголоса заучує щось із неї напам'ять.*

Мена *стоїть, засукавши рукави, коло робочого столу, спиною до решти, і пере в бляшаній балійці сорочку. Вона витягає з балійки ту сорочку, викручує її мало не насухо і кладе на стіл. Потому бере балійку й іде до дверей, відчиняє їх і виливає надвір брудну воду, а зачинивши двері, обертається до* Майка.]

Мена: В кінці путівця собаки розгавкалися. Видно, йде хтось дорогою.

[Майк *не полишає своєї роботи.* Сайв *неуважно дивиться на* Мену, *а тоді знову опускає очі на книжку.* Мена *ставить балійку на робочий стіл і наливає в неї трохи води з відра для пиття, бере сорочку і заходиться знову її полоскати. За мить обертається, ніби хоче щось сказати, але передумує і пере далі.* Сайв *згортає книжку, кладе її в ранець і бере іншу. Розгортає і продовжує заучувати частину тексту. У двері стукають.* Мена *підходить до дверей.*]

Мена: Хто там?

Голос: [*Гучний, дзвінкий і високий*] Томашін Шон Руа і Шон Дота з-під горба. Ми тут проходили мимо...

Мена: Заходьте, заходьте!

[*Двері відчиняються, і до кухні, хитро прискаливши око, зазирає* Томашін. *На якусь частку секунди він стрічається*

очима з САЙВ, *яка кидає на нього зацікавлений погляд. Обе-*
режно дивиться на МАЙКА, *який начебто не звертає на ньо-*
го уваги, а потім на МЕНУ, *яка йому киває.* ТОМАШІН *обер-*
тається, кивком голови кличе ШОНА ДОТУ, *й вони обидвоє*
заходять на кухню: попереду — ТОМАШІН, *за ним —* ШОН.
ТОМАШІН *одразу прямує до вогню і, піднявши поли пальта,*
повертається до нього спиною, щоб зігрітися.]

Томашін: [*Дрижачи*] Бережи, Боже, всіх у цій оселі. Бр-р!
Який же собачий холод нині надворі, мало шкіра
на спині не репає. [*До* ШОНА ДОТИ, *м'яким, за-*
попадливим тоном:] Ходімо, Шоне, сердего, по-
гріймося трохи. З-за гребня гори дме вітер такий
гострий, наче вепрові ікла.

[ШОН ДОТА *несміливо ступає кілька кроків уперед. Якусь*
мить він зловтішно дивиться на САЙВ, *а тоді, сором'язливо*
посміхаючись, переводить погляд на ТОМАШІНА.

ШОН *— невисокий на зріст, уже дещо висхлий чоловік. На*
око йому можна дати як 55 років, так і 70. Він знімає свою
світлу кепку і якось ледь не благально тримає її перед собою.
На чоло йому спадає сивий чуб. Очі в нього подібні на пташи-
ні, проникливі й бистрі. Одягнений ШОН *у солідне на вигляд,*
дещо завелике бобрикове пальто.]

Мена: Ласкаво просимо, Шоне Дота. Сідайте коло вог-
ню, нехай вижене холод з кісток.

Шон Дота: Ні, дякую, пані Ґлавін. Я сяду отут, біля креденса.
Не хочу нікому заважати.

[*Ці слова мовить вибачливим тоном і щоразу, коли говорить,*
видає такий собі напівсмішок, ніби перепрошуючи. Сідає на
стілець біля креденса й вичікувально нахиляється вперед, по-
клавши на коліна долоні.]

Томашін: Жарінь йому не до вподоби, він би радше десь
у холодку посидів. [ШОН *знову видає свій напівсмі-*
шок і киває на знак згоди.] Завжди й усюди, знаєте,
у своїй тарілці, а здоров'я має, як той лосось навес-
ні. І хто б ото не хотів з ним запізнатися, він такий
милий. [ШОН ДОТА *знай скромно киває.*]

[Майк *тим часом простягає руку, щоб роздивитися хомут звіддалік.* Томашін *зацікавлено за ним спостерігає.*]

Томашін: О, та ти природжений умілець ладнати-латати, майстер на всі руки! Майку, мій хлопче, у твоїх жилах явно шевська кров! Дивитись, як ти орудуєш голкою, — це просто втіха. [Майк *кидає у відповідь такий погляд, мовби хоче спопелити його очима.*]

Майк: [*До* Мени:] Може, гості чаю напилися б?

Мена: Чайник зараз закипить.

[Сайв *починає збирати свої книжки. Проти наміру вгостити їх чаєм обидва новоприбулі енергійно протестують.*]

Шон: Ми щойно з-за столу. То були б, як то кажуть, гроші на вітер. Дякуємо, так чи йнак.

Мена: Усім стане, цим не переймайтесь.

Томашін: Ти надто добра, жінко, не варто аж так ото нам догоджати. [*Він підходить до столу, стає над* Сайв *і дивиться на книжку, що лежить перед нею, а потім звертається до всіх загалом:*] Ах, учитися за книжками — це так прекрасно. Як часто шкодую я нині, що байдикував замолоду! Таж із мене вийшов би природжений вікарій, а мо' й канонік якийсь, походжав би собі знай з ранку до ночі у блискучих черевиках… Мудрий той, хто віддається науці. [*До* Сайв, *скрадливо:*] Що там у тебе в тій книжці?

Сайв: Поезія, вірші.

Томашін: Ах! [*Захоплено*] Поезія… Бог нам у поміч, ця поетична книжка, гадаю, далеко не з тих, на яких виховувався колись я. Чув багато років тому від одної бляхарки віршик, ним, здається, закінчувалася якась поема. Як же там було…

[*Він задирає догори голову і стискає губи, а потім гучно, ледь не розв'язно починає:*]

Найстигліше ябко нараз згниває;
Гаряче кохання притьмом остигає…

[*Краєм ока* Томашін *стежить за* Сайв.]

...і клятви юнацькі довго не живуть;
зухвальцю юний, в добру путь!

Ах, поезія — дар небесних ангелів!

[Мена *викручує сорочку, відкладає її вбік, відчиняє двері і виливає воду з балійки.*]

Майк: [*Ввічливо*] А ти, Шоне, віршувати любиш?

[Мена *ставить балійку на місце, складає руки і з явно схвальним виразом обличчя стає в кінці кухні позаду* Сайв.]

Шон: Овва, чорта з два. Майку, проти поетів я, зауваж, нічого не маю, проте вони ширять облуду, а на додачу ще й на язик лихі, злодіяки. Негідники, бодай би їм!

Мена: А ви, Шоне, якісь вірші маєте напохваті? Як на чоловіка з такою-от джентльменською вдачею, це мало б бути неабищо.

Шон: Ого! [*Зневажливо сміється і хитає головою.*]

Томашін: Ах, жінко, та він глибокий, як колодязь! Мудрий, як книга! Гострий, як коса! Та в нього такі вірші, що ні пером не списати, ні словом не сказати.

Мена: Розкажіть нам якийсь. Закладаюся на що завгодно, це буде найкраще, що ми зроду чули.

[Сайв *явно вражена голосом і манерами* Шона. *Той пильно дивиться на неї.*]

Шон: Що ж, тоді я прочитаю вірш для дівчини, їй-бо. Чув його колись від свого дідуся. [*Совається на сидінні.*] Це така смаковита дрібка поезії.

[*Він прокашлюється, делікатно прикриваючи рукою рот, а тоді співучим, дуже високим голосом починає:*]

У Великдень, мов дрібничку,
вкрав у мами паляничку.
Злодія спіймали і покарали,
у купі гною його закопали.

Коли той гній вигрібали,
він стрибав там куркою.
Коли ж гною досипа́ли,
котився бандуркою.

[Мена *голосно нахвалює*, Томашін *із* Майком *їй вторують.*
Шон *лише сором'язливо хитає головою, знову видаючи свій
напівсмішок.*]

Мена: [*Удаючи захват*] Ну й зух, ніби у самого люци-
пера з язика зняв!

Томашін: Ах, та з нього ці веселощі так і пруть, так і пруть!

Майк: Еге, повеселив, чортяка!

[*Полагодивши врешті хомут,* Майк *підводиться, спирає його
до креденса і знову сідає на своє місце.*]

Мена: Сайв, дитино [*лагідно*], тобі треба буде зараз тро-
хи прогулятися. [*З прохальним виразом на облич-
чі вона підходить туди, де сидить* Сайв. *Голос
у неї звучить благально, проте водночас напо-
легливо.*] У мене до тебе прохання. [*Пауза.*] У нас,
здається, зламалася під вагою торфу огорожа. Чи
не могла б ти сходити у кінець путівця до Шейму-
са Донала? Скажеш йому, що ми хочемо позичи-
ти вранці кілька планок. Він працює в кар'єрі, то
сам їх, мабуть, отак спозаранку не потребуватиме.
Скажи, що зайдемо до нього вдосвіта.

Сайв: [*Покірно*] Так, я піду!

Мена: [*До всіх загалом*] Вона така послужлива, просто
подарунок. [*Хвалить, мов медом по губах маже:*]
Хоч що робить, одразу все відкладе, аби лиш під-
собити. [*Помагає* Сайв *одягнути пальто.*]

Сайв: [*Замислено, по-дитячому дивлячись на* Мену]
То я маю сказати, що огорожа зламалася під ва-
гою торфу, а ви зайдете вдосвіта.

Мена: І подякувати йому за те, що нам зарадить.

[Сайв *іде до креденса по свою шаль.*]

Томашін: Сам я, на жаль, піду додому короткою дорогою, через гору. Шон прийшов зі мною аж сюди лише для того, щоб скласти компанію. Гарно було б, якби він провів дівчину путівцем. [*Озираючись навколо широко розплющеними, невинними очима*] Та й йому, звісно, буде приємно. Юне серце — кращого супутника в дорозі й не побажаєш.

Сайв: Панові Доті йти зі мною без потреби. Я дорогу добре знаю, щодня нею ходжу.

Томашін: Звісно, звісно, кому ж знати її краще? [*Озирає присутніх, начебто відкидаючи будь-які заперечення з їхнього боку.*] Але подумай про темряву, дівчинко, і про фуку [*робить паузу*], того ґобліна з божевільними, схожими на вуглинки червоними очима, які жевріють у нього на виду. Ніколи не знаєш, що може трапитися на шляху у потемках. Місяць нині на небі якийсь шалений, а зорі геть показилися, вищать і ревуть там одна на одну.

Шон: [*Підводиться зі стільця*] Я проведу її аж до Шеймуса Донала. Ніхто не перейде їй дорогу, коли поруч буде Шон Дота [*вибачливо сміється*].

Сайв: [*Обурено*] Я не боюся ні темряви, ні фуки!

Томашін: Та звісно, через ті твої охайні білі ніжки тебе взагалі можуть на дорозі з зайчиком переплутати.

Шон: Мені так чи так уже час... Думаю ото, чи не купити собі автомобіль [*явно прагне справити враження на* Сайв]. Це нині модно... та й ногам легше [*укотре вже видає вибачливий напівсмішок*]. Наскільки я розумію, жінки їх теж водять.

[Шон *виходить першим, за ним іде* Сайв, *видимо роздратована тим, що йти їй доведеться у його товаристві.*]

Шон: На добраніч усім, і з Богом!

Томашін: Добраніч. З Богом.

[Томашін *мовчки підбігає до дверей, нечутно їх прочиняє і визирає услід* Шонові *і* Сайв. Мена *підходить до вогнища і стає обіч нього, спостерігаючи за* Томашіном, *а тоді перезирається з* Майком. Томашін *зачиняє двері і повертається, радісно потираючи руки.*]

Томашін: Насіння посіяне, квіт розцвіте.

Мена: [*Сідає навпроти* Майка *і дивиться на* Томашіна.] Стара нічого знати не повинна... дівчина дізнається в належний час... Не треба їй казати. Ця новина просто накотиться на неї, як літній приплив.

[Томашін *сидить обличчям до вогню і, нахиливши голову, проводить пальцями по своєму розкуйовдженому волоссю.*]

Майк: Я з цим нічого мати не хочу! Якби хоч різниця в роках між ними була меншою, то ще б нічого. А так вона ніколи за нього не піде. І просити її про щось таке — це вже занадто.

Мена: Ти забув про гроші? У тебе, чоловіче, таки в голові вавка. А про Ліама Скваба, який допіру тут ошивався, ти теж уже забув?

Майк: Знаю, знаю! Ці гроші — велика спокуса, але є в усьому цьому щось лихе, геть-чисто лихе. Сайв молода і кмітлива. Вона, як то у дівчат водиться, мріятиме про кохання з молодим чоловіком!

Томашін: [*Підступає ближче до* Майка *і простягає до нього руки.*] Ні, ви тільки його послухайте! Кохання! Та Бога ради, що відомо таким, як ми, про кохання? [*Обертається до* Мени *і тицяє пальцем у бік* Майка.] Ти чула коли-небудь з його вуст бодай слово любові? Ні, дівчино, не чула! [Томашін *того вечора в ударі.*] Він коли-небудь гладив тебе за вушком чи, може, пальці запускав тобі у волосся і казав, що й Шеннон заради тебе переплив би? А може, глупої ночі, коли

40

ви залишалися наодинці, пісень про кохання тобі співав? [Томашін *глузливо всміхається.*] Та він скоріш уткнеться рилом у миску м'ясця з капустою або вгодованій льосі спинку потре, ніж шепне тобі кілька ніжних слів. Скажи, біжить він до тебе, коли повертається з торфовища, обіймає, припадає тобі до губ, аж одірватися не може, та ще й примовляє, що день без тебе тягнувся йому мало не мільйон років? [*Переможно*] Чи, може, скажеш, що він тобі коли, наприклад, брошку якусь подарував чи іншу прикрасу?.. Ага, ще чого! Скоріше вже заплісніявілих цукерків на кілька пенсів, якщо йому аж настільки в голові замакітрилося від випивки у ярмарковий день. [*Глузливо*] І ми маємо слухати тут твої теревені про кохання! Та якби ти обійняв жінку десь отак на дорозі, вона подумала б, що ти геть з глузду з'їхав. [Майк *сидить знічено, як побитий пес.*]

Мена: І хто б ото говорив!

Томашін: Мені теж похвалитися нічим. Я лише хочу сказати: яке діло таким, як ми, до кохання? Досить нам того, що мусимо добре мізкувати, як на харч собі заробити. Коли я був іще молодий, років двадцять тому, мій батько, царство йому небесне, поклав моєму коханню край повік.

Мена: [*Не вірячи своїм вухам*] Ти був закоханий?

Томашін: Я мріяв про одну дівчину з-потойбіч гори. Але яке пуття з тих мрій, коли я не мав куди її привести? У батьковім домі яблуку ніде було впасти, а долі лише кіш бульби стояв, то тою бульбою ми здебільша й живились. Я мав дві свині на відгодівлі. [*Тужливо*] Батько мій був те ще дурбило, бовдур такий... узяв та й укоротив собі віку: повісився на дереві біля хати. Присягаюся, він би ніколи такої дурні не впоров, якби не був певен, що тих моїх свиней якраз стане оплатити йому поминки і похорон. Геть підло вчинив тоді зі мною, бо ж добре знав, що я думав одружитися.

Мена: Яку ж сумну історію ти нам повідав...

Томашін: Тепер мені не так уже й сумно! Є одна вдова, яка живе в невеличкому домі за селом. Сто фунтів допоможуть мені осісти в неї.

Майк: О, з тобою вона точно буде, як у Бога за пазухою! Ти ж гладитимеш її за вушком, правда? Брошки й убори даруватимеш? Ха-ха! Хотів би я на це подивитися!

Томашін: Ну, годі вже, годі! ... [*До* Мени:] Є ще молодий Скваб, який поклав око на дівчину. Він уже знайде для неї гарні слова, виглядає як джентльмен, з комірцем і краваткою, волосся мастить оливою. Бачив я його якось після робочого дня, то вигляд у нього був, ніби в актора на сцені.

Мена: Його боятися нічого!

Томашін: Він був тут сьогодні ввечері!

Мена: Від тебе нічого не сховається!

Томашін: А потім прийде й запропонує дівчині руку і серце! Тобі, можливо, цікаво буде дізнатися, що її таки бачили принаймні одного разу, коли вона вислизнула з дому, щоб зустрітися зі Квабом після того, як ви пішли спати.

Майк: Це серйозніше, ніж я думав, їх треба зупинити! Не хочу, щоб вона пішла тією ж доріжкою, що її мати.

Мена: Тоді стара, мабуть, про це знала, та нам не казала, а це означає, що вона на їхньому боці і, можливо, навіть Сайв підохочує. Є, правда, один простий спосіб усе це припинити: треба лише переселити Сайв у кімнату в західному крилі;

вийти звідти можна тільки через нашу спальню, а я вже очей з неї не спущу.

Томашін: Але цього замало! Маємо позбавити їх будь-якої нагоди бачитися. Вона зможе зустрічатися зі Сквабом дорогою до школи або назад, тож із тим її навчанням треба покінчити. Можеш сказати, що тобі вже важко поратися з усією роботою самій, що тобі потрібна підмога, інакше...

Мена: Його боятися нічого, кажу тобі!

Майк: Маєш рацію, його боятися не треба. Він сюди не поткнеться. А от із Сайв тобі доведеться нелегко.

Томашін: І ти далі слухатимеш, як він отак марикує? Його взагалі тішить щось, окрім нарікання? На якесь добре слово спромігся б коли-не-коли, га? Присягаюсь, Майку, тебе послухати, то ми всі тут підлі мерзотники і злодії. А ми лише намагаємося чесно собі якийсь шилінг заробити. Без діла округою не тиняємося, померлих з могил не викопуємо. От якби ми якусь удову пограбували чи скриньку для бідних з церкви поцупили, то був би для нас чорний день. Ми ж тільки силкуємося двох людей у святому шлюбі поєднати, хіба ні?

Мена: Гроші він коли дасть?

Томашін: Шон Дота, може, й дурень, та лише наполовину, не геть-чисто! Коли вузол буде зав'язано, не раніше. Ех, усеньку ніч змарнував я тут з вами на теревені. Заки приб'юся додому, вже й півні запіють. [*Рушає до дверей, але, вже взявшись за клямку, обертається.*] І попереджаю! [*Тицяє через плече великим пальцем у бік* Нанниної *кімнати.*] Стару тримайте на оці! Бо ще завдасть нам клопоту.

[Томашін Шон Руа *виходить. Майк підводиться, бере з креденса горня і йде до відра з водою. Знімає кришку, черпає і з насолодою п'є.*]

43

Мена:	Я б тобі чаю заварила!
Майк:	Чаю в нас і так негусто, нічого його марнувати, тим більше о такій пізній годині. [*Він ставить горня на місце, потягується і позіхає, а тоді грубо чухрає собі голову*]. Мені завтра рано вставати, а день буде важкий. Піду, певно, спати.
Мена:	Сайв не діждешся?
Майк:	Все буде гаразд. Що з нею станеться? А дивитися їй в очі мені якось не хочеться.
Мена:	Думаю, я так само спати піду. [*Вона пригашує щипцями вогонь, Майк тим часом розшнуровує черевики і роззувається.*]
Майк:	Може, моя мати чаю напилася б, як гадаєш?
Мена:	Нею не переймайся! Чи ж у неї люльки нема?

[Мена *розпускає волосся, підходить до лампи і прикручує ґніт, а тоді розвертається і виходить через двері обіч вогнища. Майк ставить черевики під робочий стіл, у самих шкарпетках перетинає кухню і виходить через ті самі двері.*

У тьмяному світлі спорожніла кухня виглядає якось моторошно.

Відчиняються двері іншої кімнати, і заходить стара. Вона навшпиньки підходить до дверей синової спальні і якусь мить прислухається, а тоді задоволено обертається і підкручує ґніт у лампі. Потім сідає на своє місце біля вогню, бере щипці і знову розводить вогонь. Озирнувшись довкола, видобуває люльку і вкладає її до рота. Знаходить сірники, прикурює і сидить так хвилину-другу.

Раптом відчиняються вхідні двері і заходить Сайв. *Вона притьмом зачиняє двері, притуляється до них і, важко дихаючи, притискає до грудей руки.*]

Нанна:	Де ти була аж досі?
Сайв:	[*Розв'язує шаль.*] Ходила до Шеймуса Донала, просила позичити дядькові Майку планки для огорожі... Той старий, Шон Дота! Ох! [*Вона хитає головою і затуляє руками обличчя.*]

Нанна: [*Буркотливо*] Шон Дота?

Сайв: [*З огидою і переляком*] Він ішов зі мною по дорозі, а коли ми проходили повз дебру біля Донала, як на мене кинеться! Мало пальто з мене не зірвав. Я забігла до Донала на кухню, і йти за мною туди йому вже не схотілося. [*З огидою*] О, як він сміється, наче хворий якийсь. Що все це значить, бабцю?

Нанна: [*Затягується люлькою,* Сайв *сідає біля неї.*] Така вже чоловіча природа, дитино, та й годі! Чоловіки завжди такі, побачиш, і на старість не міняються. Це їм ніщо!

Сайв: Він мене налякав до смерті. Я такого зовсім не сподівалася! [*Якусь мить мовчить.*] Слухай, бабцю, думаю, то був їхній план... але в це так важко повірити.

Нанна: Схоже на те... Знаєш, як на мене... між Меною і Томашіном Руа діється тут щось дивне.

[*Зі своєї кімнати виходить* Мена *у довгій, майже до п'ят, нічній сорочці. Побачивши її, бабуся з онукою аж здригаються.*]

Мена: [*Сердито, голосно*] Ви що, цілу ніч збираєтеся тут просидіти, не напліткувалися ще?! Сестрам з монастиря цікаво буде про це дізнатися! Ану до ліжка! Тільки гас даремно витрачаєте. Ну! Забирайтеся звідси!

[Сайв *із* Нанною *підводяться.* Сайв *поспішає до своєї кімнати.* Нанна, *ховаючи люльку в долоні, повільно йде слідом, з викликом міряючи* Мену *очима.* Нанна *і* Сайв *виходять.* Мена *знову загрібає вогонь і гасить лампу.*]

ЗАВІСА

СЦЕНА ТРЕТЯ

[*Пізній вечір тиждень потому.* Нанна *сидить на своєму звичному місці,* Мена *місить на великому столі тісто на хліб. Там-таки на столі стоїть великий глечик з кислим молоком і тарілочка з борошном.* Мена *піднімає тісто і посипає стільницю борошном, а тоді йде до мішка, набирає на тарілочку ще борошна і повертається до столу. Вона продовжує місити тісто, час од часу притрушуючи його борошном. Урешті повертає голову до старої.*]

Мена: Горщик готовий?

[Нанна *кидає оком на круглий горщик з плоским дном, що стоїть упритул до вогню.*]

Мена: Ти, на додачу до всього, тепер ще й недочуваєш? Чи просто пробуєш так мене роздражнити?

Нанна: Тут і трудитися особливо не треба! Гарячий горщик, гарячіший навряд чи й буде коли.

Мена: То чого б так і не сказати? Сидиш тут, тільки заважаєш усім!

Нанна: Печи свій хліб, жінко! Його й так їсти важко, а ще коли подивишся, як ти його печеш... Важко, ох, важко немолодій уже бездітній жінці гойдати порожню колиску.

Мена: А щоб тобі, стара відьмо, язик відсох! Ані краплі добра в тобі нема, самі лише тяжкі жалі і брудні недомовки. Таж нічого, крім нещастя, діти не приносять. Чи ж ти не бачила, до чого твої дійшли? Коли ти ганиш мене за те, що я не маю дітей, то це все твоя жовч: он уже через верх іде.

[Мена *енергійно місить тісто, надає йому круглої форми, бере з креденса ніж і креслить згори на хлібині хрест. Набравши в жменю борошна, вона йде до вогнища і посипає дно горщика. Повертається до столу, бере тісто і кладе в горщик.*]

Потім підсовує горщик до вогню і за допомогою щипців обкладає його жаром. Знаходить у креденсі ганчірку і витирає стіл.]

Мена: Приглянь за хлібом. Я вийду, дам сіна коровам.

Нанна: [*Багатозначно*] А ти справді до корів? Якусь шкоду вряджати, бува, не збираєшся?

Мена: [*Сердито*] І що ж ти хочеш цим сказати?

Нанна: Ти й сама знаєш, що.

Мена: То кажи вже, що маєш. Не ходи околяса, як лосось у ставку.

Нанна: Гарні слова!

Мена: Це у тебе всередині так усе поперекручувано, що ти весь час мусиш казати одне, а думати інше?

Нанна: Казати і думати я буду, що сама захочу! Язика мені дав Бог, а не ти!

Мена: От говориш ти зараз про мене одне, а на думці ж маєш зовсім інше. То що за цим стоїть?

Нанна: Бодай тобі серце всохло в грудях — вже хто-хто, а ти точно знаєш, що за цим стоїть. Що це за секрети між тобою і Томашіном Шоном Руа? Чому нам день у день оббиває поріг старий Шон Дота? Ну, стане тобі жовчі відповісти?

Мена: [*Обурено*] А тебе це як стосується?

Нанна: Це стосується моєї онуки.

Мена: [*Закидає назад голову і глузливо сміється.*] Твоєї онуки... а чи знаєш ти, стара, хто її батько? Може, нам скажеш? Вона має бути від щирого серця мені вдячна, що дбаю про неї, підбираю їй чудову пару. Намагаюся влаштувати її в панський дім.

Нанна: Про себе ти дбаєш, як завжди.

Мена: Іди до дідька!

[*У двері стукають.*]

Мена: Заходьте, заходьте!

[*Заходить* Томашін Шон Руа. *Він звично роззирається крадькома по кухні і спиняє погляд на старій.* Мена *підбадьорливо йому киває, і він проходить далі, залишивши двері прочиненими.*]

Нанна: Там, звідки ти прийшов, не було дверей?

Томашін: [*Спритно підкидає і тут-таки ловить свій ясеновий дрючок.*] Єдиний лік від таких, як ви, — вдавати глухого... [*Обертається до* Мени:] Здається, у вас скоро будуть гості. [*Підходить до дверей, визирає назовні, дивиться праворуч і повертається назад.*]

Мена: Хто це там на дорозі?

Томашін: Батько з сином, але водночас і брати, бо обидва — сини диявола.

Мена: Хто це?

Томашін: Та двійко бляхарів... Петс Бокок і його син, Карталон. Двоє розбійників, яким, бачте, не до вподоби ні я сам, ні моє заняття.

Нанна: Порядні бідняки, у яких нема власного дому. Хороші друзі, за потреби завжди допоможуть.

Томашін: Ти своїх знаєш! Але для мене то сущі бузувіри! Вони б радо всі ребра мені полічили, бо я добре знаюся на сватанні.

Нанна: Я б такій родині тільки раділа. [*Міряє холодним поглядом* Мену.] Вони приходять сюди вже багато років.

Мена: З простягнутими руками і роззявленими ротами. Жебраки, що з них візьмеш.

Нанна: Це люди дороги — мандрівний народ. Вони не прості жебраки.

[*Удалині чути звук борана і голос, що співає пісню. Звук гучніше, а на кухні чекають тим часом на* ПЕТСА БОКОКА *і* КАРТАЛОНА.

Звучить пісня «Під ясним сріблястим світлом місяця» — ірландська балада (не плутати з американською баладою «При світлі сріблястого місяця»). Слова пісні імпровізовані, їх вигадує КАРТАЛОН. (*NB: атмосфера, навіяна цією піснею, зберігатиметься у всіх його піснях аж до кінця п'єси*).

Входять КАРТАЛОН *і* ПЕТС БОКОК. *Йдуть у ногу.* ПЕТС *одягнений у древній на око фрак і не менш древні штани. На ногах у нього міцні черевики, а на голові — звичайний капелюх, але заглибина на тулії вивернута догори, і завдяки цьому той головний убір нагадує циліндр. У руці* ПЕТС *тримає товстий терновий ціпок, яким пристукує з кожним кроком по підлозі. Ліва нога в нього коротша за праву, тому ходить він дещо криво. Зовні суворий, вигляд усе ж таки має нужденний.*

Його син, КАРТАЛОН, *іде в короткому пальті, решта ж одягу в нього не відрізняється від батькового. Словом, це вбрання, типове для бляхаря з Півдня, який ніколи не носить комірця і краватки, вигляд має бадьорий, що свідчить про здоров'я, а от обличчя — суворе. В руках у* Карталона *— невеликий боран.*

Важливі риси цієї пари — вміння тримати крок, як то роблять солдати на марші, і цілковите порозуміння між собою.

Зайшовши на кухню, обидва чоловіки зупиняються перед великим столом. ПЕТС *вдаряє ціпком по підлозі, а* КАРТАЛОН, *підхопивши ритм, заходиться вистукувати кісточками пальців по борану.*

Спочатку звук гучний, та потім дедалі слабшає: це приготування до співу.

НАННА *підводиться, як то заведено, коли в дім заходять мандрівні менестрелі, адже перша пісня має бути на честь господаря, якого зазвичай удома немає, бо він працює в полі.*

Коли звук борана стихає, ПЕТС *стукає ціпком сильніше. Потому стукіт ціпка і звук борана раптом майже завмирають, і* Карталон *заводить пісню. Голос у нього дзвінкий, ледь-ледь гугнявий.*]

Карталон: [*Співає:*]

О, Майк Ґлавін — чоловік,
у фургоні б жив повік,
дім пристойний для усіх;
білого диму тобі у свято,
хліба й пирогів багато,
I пива на столі — вранці й увечері.

[НАННА *плескає в долоні,* МЕНА *з* ТОМАШІНОМ *стоять з бай-
дужим виглядом.* ПЕТС *підходить до* НАННИ *i тисне їй руку.*]

Петс: [*Врочисто, глибоким голосом, з серйозним об-
личчям*] Бачу, нелегко тебе, дівчино, порішити!
Ти ж на вигляд така дрібненька, геть-чисто мо-
лоденька. Коли нам спадає на думку вклякнути,
ми завжди згадуємо тебе у своїх молитвах. [*Він
обертається до* МЕНИ:] Нехай благословить те-
бе, господине, Бог — на вроду і щедрість.

[ПЕТС *тисне руку* МЕНІ, *яка, втім, реагує на його слова по-
хмуро і підозріливо.* ПЕТС *на її байдужість уваги не звертає
i простягає руку* ТОМАШІНОВІ, *який обертається до нього
спиною.*]

Нанна: [*Гучно, застережливим тоном*] От і гаразд,
Петсе, а то ще долоню собі обпечеш до чортячої
лапи.

[ПЕТС *повертається до сина; обидвоє стоять непорушно.*]

Мена: Чого вам треба?

Петс: Пушку цукру і дрібку чаю, не більше. Наш фур-
гон стоїть на битій дорозі. Ліам Скваб [*він схиляє
голову на знак подяки, a* КАРТАЛОН *далі стоїть
непорушно*], порядний чоловік, дав нам отакен-
ний окраєць хліба. У нас свій уклад. Отримуємо
чай і цукор — дякуємо руці, яка подала. Не от-
римуємо — сподіваємось на срібний гріш. Як-от
від Томашіна Шона Руа з-під гори: він срібло ло-
патою загрібає.

[ПЕТС *простягає долоню до* ТОМАШІНА, *який знову повернувся до нього.*]

Томашін: [*Дещо панічно*] Та звідки ж у такого, як я, срібні гроші? Пів країни шукає онде чоловіків для праці на болотах. Навіщо жебракувати, коли роботи навколо повно, куди не глянь?

Нанна: Відмовляти людям дороги — лиха прикмета!

[ПЕТС *втуплюється важким поглядом у* ТОМАШІНА, *який зверхньо зирить на нього, заклавши за спину руки. Потому* ПЕТС *роззявляє рота і загрозливо закидає назад голову. Постукуючи по підлозі ціпком, він обходить по колу стіл і стає поруч із сином; стукіт не припиняється.*]

Петс: Карталоне!

[*Той, нестямно зблискуючи очима, обертається до батька.*]

Твою найкращу! Найкращу з найкращих!

[ПЕТС *починає несамовито стукати ціпком по підлозі.* КАРТАЛОН *підносить очі вгору, до стелі, і заходиться бити у боран кісточками стиснутих пальців. На якусь мить стукіт ціпка по підлозі та пальців по борану зливаються в один гучний перестук. Потім цей звук притихає, і* КАРТАЛОН *переходить до звичного ритму, а* ПЕТС *спрямовує свій ціпок на* ТОМАШІНА.]

Карталон: [*Стоїть, як і його батько, «струнко», звертається до* ТОМАШІНА:]

Нехай його труп пожеруть слимаки,
а дощ докінчить діло;
Нехай кудлая чорт ухопить зраня,
бо захланний, як свиня,
і ворон за плугом;
чорнюх з-під гори — Шонцьо Руа!

[ПЕТС *захоплено тупоче ногами і стукоче ціпком.* НАННА *крякає старечим сміхом.* ТОМАШІН *знову відвертається, киплячи від безсилої люті.* КАРТАЛОН, *виконавши завдання, стоїть без тіні посмішки на обличчі.*]

Нанна: З поваги до вашого співу я дам вам дрібку чаю і цукру.

[Мена *тут-таки підходить і стає між* Нанною *та креденсом.*]

Мена: [*Ніби вартовий на чатах*] Нічого ти не даси! Думаєш, чай із цукром з неба нам падають чи як?

Томашін: [*Злісно розвертаючись*] Оце правильно! Нічого їм не давай! Нічого!!! [*Нахиляє вперед голову на довгій шиї.*] Кмітливі люди дороги. Вештаються тут і чіпляються до пристойних людей. [*Упевнений у* Мениній *підтримці,* Томашін *ступає крок уперед.*] То чого ви там хотіли, чаю з цукром? Ото нахаби, найбільші грабіжники на дорогах Ірландії!

[*Остерігаючись за свої тили,* Петс *із* Карталоном *задкують до дверей.* Томашін, *певний, що вже взяв гору, переможно ступає ще далі. Біля дверей* Петс *із* Карталоном *спиняються.*]

Томашін: [*Впевнений у собі*] Ви тільки на них подивіться! Куцоногий і напівідіот! З одним словом на двох, валандаються всюди зі своїми піснями, лякають пів країни. Забирайтеся до свого смердючого фургона і не змушуйте поважних людей затуляти носа!

[Томашін *замахується правою рукою, ніби хоче їх ударити.* Петс *у той час знову стукає ціпком.* Карталон *б'є у боран. У ритмі борана і тернового ціпка обидва набувають ритуальної гідності.*]

Петс: [*До сина:*] Карталоне, твою найкращу! Най-найкращу!

[*У гніві він продовжує стукати. Владно вказує ціпком на* Томашіна, *немов у якомусь відомому з незапам'ятних часів обряді.* Карталон *співає повільно, голос у нього дзвінкий і пронизливий. Стукіт ціпка по підлозі та пальців по борану стає тихішим.*]

Карталон: [*Співає:*]

З Еббіфіла по дорозі
стрів я хлопа на порозі.
«Кажуть люди, — хлоп сказав, —
старий дівку вподобав;
отже, він її хапне,
а взамін грошей сипне».

[ТОМАШІН *озирається на* МЕНУ, *яка стоїть з безпорадним виглядом.* ПЕТС *із вдячністю голосно стукає ціпком по підлозі, знай посміхається і хитає головою.* НАННА *аж скрикує від захвату.* ТОМАШІН *повертається туди, де стоїть, загороджуючи* НАННІ *дорогу до креденса,* МЕНА, *а та, войовничо склавши руки на грудях, йде вперед, доки не опиняється перед* КАРТАЛОНОМ *та його батьком.*]

Мена: Гарну ж історію ви нам повідали! [*До* ПЕТСА:] То кажи вже, що маєш сказати. Не ховайся за словами напів'юродивця [*киває на* КАРТАЛОНА].

Петс: В околиці подейкують, що фермер Шон Дота одружується з дівчиною з цього дому. Якщо у цих байках є дрібка правди, то її звати Сайв. Дивно все це, кажуть люди, бо тоді, виходить, молода дівчина, у якої все ще попереду, віддається за старого, чий шлях уже добігає кінця. Кажуть, він з усіх сил намагається зберегти в собі іскру життя. Вона ж, повідають, — справжня квітка парафії.

Мена: Як смієш ти зводити під цим дахом такі-от наклепи, га?

Петс: [*Спокійно*] Такий поміж людьми говір! [*Вказує ціпком на* ТОМАШІНА] Кажуть, це все він затіяв, бо добре на цьому заробить. Такий поміж людьми говір [*пустотливо*]. Куди б не понесли нас ноги, скрізь тільки про це й мова.

Мена: А що їм чи вам до того, що ми тут робимо? Хіба це вперше молода дівчина виходить заміж за старшого чоловіка? Вона просто добре підбирає собі пару.

Петс: Ніхто й не каже, що це не так.

Нанна: Дідьчий чин — ось що це таке!

Петс: Ми прийдемо ввечері напередодні весілля.

Томашін: Для вас тут нічого не буде.

Петс: Ми все одно прийдемо, хочете ви чи ні!

Нанна: Петсові Бококу тут завжди були раді.

Петс: Часи змінюються.

Томашін: [*До* Петса:] Хоч би вони змінилися настільки, щоб такі, як ви, цілий день працювали. Вам, зграї брудних жебраків, пряма дорога до в'язниці.

Петс: [*З гнівом*] Слухаю я ото тебе, Томашіне Шоне Руа, дивлюся на тебе і зараз скажу тобі, хто ти такий. Ти — кнурячий піхур і свинське рило; ти — псячий послід і осине жало. Ти помреш, захлинувшись своїм криком. Карталоне! Твою найкращу! Най-найкращу!

[Петс *стоїть прямо і стукає ціпком, а його син б'є в боран; потім ці звуки слабшають, обидва чоловіки розвертаються і ступають до дверей.* Карталон *співає.*]

Карталон: Нехай його труп пожеруть слимаки,
а дощ докінчить діло;
Нехай кудлая чорт ухопить зраня...

[*Вони виходять, але спів лунає далі, щораз тихіше і тихіше.*]

...бо захланний, як свиня,
і ворон за плугом;
чорнюх з-під гори — Шонцьо Руа!

[Томашін *підходить до дверей і зачиняє їх за* Петсом *і* Карталоном. *Згинаючи за спиною свій дрючок, він упивається поглядом у* Нанну.]

Томашін: І хто ж ото порозносив мої приватні справи на всю округу? [*Тепер, коли йому протистоїть лише* Нанна, *він знов упевнений у собі і намагається її залякати.*] Ти самотня жінка, а твій чоловік уже давно годує черв'яків у канаві. Жахливо затята, але ж за спиною у тебе немає нікого...

Мена: Ну ж бо, стара негіднице... Відповідай чоловікові... Куди поділася вся твоя твердість?

Томашін: Тепер, коли до богадільні тобі — один крок?

Мена: Сидиш тут на шиї в людей, які рук не покладають, щоб звести кінці з кінцями...

Нанна: Таж ви...

Томашін: Ну ж бо, ну! Кажи, кажи, стара відьмо! А-а-а! Тепер ти вже нічого не скажеш. Усе, кінець тобі, стара, кінець!

Нанна: Ще хвильку тому, коли бляхарі тут говорили-співали, вам обидвом сказати було нíчого. Глядіть, розповім своєму синові, коли він повернеться, як ви на мене накинулися.

Мена: Твоєму синові на тебе начхати. Давно вже треба було поставити тебе на місце. Ти геть не вдячна за свободу, яку тут маєш. Невже тобі ніколи не спадає на думку, що багато жінок у твої літа просто тиняються попідтинню і ні колá у них, ні двора?

Томашін: Певна річ, у богадільні таких, як вона, хоч греблю гати. Їх там цілі юрми, сидять і тільки голови з вікон висовують, дивляться, хто приходить і виходить, і сподіваються, що хтось їх звідти, може, забере. У Корку улюблена розвага — спостерігати, як вони гризуться і деруться за кілька бульбин і кусничок м'яса. [*Врочисто*] Але найважче, помилуй нас, Господи, відучити тих старих від курива. Одна стара з-потойбіч гори, яка без люльки й тютюнцю просто жити не могла, навіть трьох днів не витримала — зовсім сказилася. Верещала так, що й на тім світі чути було. Їй запхали до рота кавалок мішковини, щоб замовкла, але пуття з того, звісно, не було жодного. Вона дерла себе пазурами, аж доки шкіра звисала вже з неї клаптями, а кров цебеніла струмками. Так божеволіла, бачте, за тою люлькою! [*Святенницьким тоном*] Страшний вигляд мала, коли врешті померла. Поховали її серед ночі, і не знайшлося у світі жоднісінького живого християнина з-поміж її люду, щоб за неї помолитися... Ех, буває ж таке: живе собі хтось, як у Бога за пазухою, і навіть цього не усвідомлює.

Мена: Тепер усе буде інакше!

Томашін: Дивлячись на неї, цього не скажеш!

Мена: Буде! Вона й так уже тягар, але прокляттям не стане.

Томашін: Має човгати по дорозі так само, як решта її рівні.

Мена: По дорозі?.. Ще чого... Де ж та самостійна жінка, яку ми тут бачили? [*Мена підносить клямку, відчиняє двері і широким жестом показує на світ за дверима.*] Іди, якщо розуму стане! [*Кричить*] Бери торбу на плечі і йди жебрати попідтинню, від дверей до дверей! Піде вона, як ти думаєш?.. Піде? Ні! Не піде! Вона ж не повна дурепа, щоб покинути тепле вогнище з люлькою під рукою і добрий стіл, накритий для неї тричі на день.

Нанна: [*До вогню:*] У цьому домі закладено гріх.

[*Її голос звучить гірко, вона розуміє, що зазнала поразки. Мена рвучко кидається вперед і опиняється поруч з Нанною. Підступає до неї і Томашін.*]

Мена: [*Нещадно*] Прикуси вже свій гострий язичок, стара паскудо. Сидиш тут цілими днями й теребиш усе, до чого можеш дотягтися, — і то без слова подяки. Тільки писок кривиш, як дитина в колисці, і живишся плодами нашої праці, ніби тобі так належиться, як королеві уродженій цього краю.

Нанна: [*Повторює:*] «Як дитина в колисці». [*З жалем хитає головою.*]

Мена: Хіба я винувата, що твій син таке здихля?

Нанна: Квочка, яка тільки кудкудакати вміє, яець не висидить!

Мена: [*Підскакує до Нанни і замахується.*] Ну, зараз ти у мене дістанеш! [*Аж кипить від злості.*] Голову тобі з плечей зніму, їй-бо!

[*Мена знову замахується, явно наміряючись ударити стару. Томашін кидає свого дрючка, швидко хапає її і відтягує назад до дверей, вона виривається йому з рук, щоб таки допастися до Нанни, але він тримає міцно.*]

Томашін: [*До* Нанни *з-за* Мениної *спини, далі її тримаючи:*] Бачиш, що ти робиш? [*Підступно*] Ти її засмутила. [*До* Нанни:] Ти ще за свою злу душу відповіси.

Мена: Вона згорить! Згорить того ж дня, коли втрапить дідькові в зуби!

Томашін: [*До* Нанни:] Не треба її до такого доводити! Не треба!

Нанна: [*Уже від дверей своєї кімнати обертається.*] Повторюю ще раз: у цьому домі закладено гріх.

[*Коли* Нанна *йде,* Томашін *відпускає* Мену; *та вовком дивиться на двері, за якими зникла стара.*]

Томашін: Дай їй поки що спокій. Воювати вона вже не здатна. [*Він нахиляється, піднімає дрючок і заходиться креслити ним на підлозі невеликі кола.*] В усьому — своя гра. Ти бачила коли-небудь старого розбишаку-лосося, який ховається

57

в річці у глибокій ямі? У нього жбурляють камінням, складають плани, як би то його впіймати, підсипають трутизну і закидають сітки, але з таким же успіхом можна просто сидіти склавши руки. [*Дуже впевнено*] Час зробить свою справу. Рік за роком і... Ех! Вік — це грабіжник-убивця! Цьому хлопаці баків не заб'єш жодними побрехеньками. Хватка у нього мертва... Стару вже долає втома.

[*На якусь хвилю западає мовчанка.*]

Мена: Коли він гроші дасть?

Томашін: Якщо буде весілля — то вранці в день весілля, слово чоловіка. А дівчина щось узагалі каже?

Мена: Дівчина зробить те, що має зробити, скільки тобі товкмачити?

Томашін: Але вона щось сказала?

Мена: Яка в цьому потреба?

Томашін: Мені на душі спокійніше буде.

Мена: Що ж, то можеш свою душу вже заспокоїти. Вона вийде заміж за Шона Доту, і на цьому все закінчиться.

Томашін: Добре слово в усякім разі чути приємно. Але, скажу тобі, доки він її не загнуздає, я не заспокоюся.

Мена: [*Піднімає руку, закликаючи* Томашіна *замовкнути, і прислухається.*] Сайв зараз буде дома. Коли вона зайде, просто з нею привітайся і йди у своїх справах, решту залиш мені. Далі вже — жіноча робота.

Томашін: [*Підходить до вікна і визирає надвір.*] Будеш розписувати їй усе найкраще.

Мена: Зберися і приготуйся йти.

Томашін: А як щодо?.. [*Тицяє у бік* Нанниної *кімнати.*]

Мена: Вона танцюватиме під мою дудку... само собою!

[*Клямка піднімається і заходить* САЙВ, *одягнена так само, як і минулого разу; в руці у неї ранець з книжками. Вона переводить погляд з* МЕНИ *на* ТОМАШІНА, *якусь часточку секунди супиться і ставить ранець на стіл, а тоді розв'язує шаль і кладе її зверху на ранець.*]

Томашін: [*Солодко*] Нині вже по школі?

Сайв: [*До* МЕНИ:] Я знову проколола шину. Довелося від хреста йти пішки.

Томашін: Ну, мені пора. Дні, дякувати Богу, стають щораз довші й довші. Не встигнемо й озирнутися, як уже літо постукає у двері.

Мена: До побачення, Томашіне.

Томашін: [*Ввічливо киває* САЙВ, *яка відступає вбік, щоб дати йому пройти.*] Побачимось, з ласки Божої, ще заки постаріємо.

Мена: [*Нетерпляче*] Ми будемо тут! [*Схиляє голову.*]

[*Крутнувши в руці дрючком,* ТОМАШІН *відчиняє двері.*]

Томашін: [*Безтурботно*] Щасти вам усім.

[*Коли він зникає за дверима,* МЕНА *бере з-під робочого столу одне з відер і наливає в нього води з відра для пиття. Тоді ставить відро для пиття на місце, а до першого відра черпає кілька пригорщ разового борошна з мішка.*]

Сайв: [*Нерішуче*] Шини зовсім діряві...

[МЕНА *витирає об фартух руки й обертається до* САЙВ.]

Мена: [*Співчутливо*] З цим точно треба вже щось робити. Я скажу твоєму дядькові, щоб він подивився за парою нових шин у селі. А тобі зараз чаю заварю, поки чекатимеш на вечерю. [*Здивована* САЙВ *на відповідь не знаходиться.*] Я поклала тобі шматок солодкого пирога. Ти ж, певно, натомилася за день.

Сайв: [*Спантеличено*] Ні-ні... про чай не турбуйся! Я почекаю до вечері.

Мена:	Тоді — горня молока! [*Не чекаючи відповіді, вона поспішає до креденса, бере горня, наливає молока і мало не силоміць втискає його* Сайв *до рук.*] То, мабуть, для тебе полегша — втекти трохи до черниць і книжок, але часу на школу у нас тепер напевне буде небагато.

[Мена *лагідно, але наполегливо всаджує* Сайв *на стілець біля столу. Та ставить горня з молоком перед собою, а почувши про школу, спантеличено дивиться на* Мену.]

Мена:	Будь-яка дівчина на парафії праву руку віддала б, щоб отримати шанс, який маєш ти.
Сайв:	Але...
Мена:	[*Швидко, перш ніж* Сайв *устигає відповісти*] Про це зараз не думай. Подумай ліпше про те, як даватимеш раду з тисячами, про вишуканий одяг і парфумерію. Подумай про чеки на сотні фунтів від маслозаводу, які приноситимуть тобі під двері, і про служника зі служницею, які упадатимуть біля тебе, щоб ти, боронь Боже, рук не забруднила собі роботою.
Сайв:	[*Кілька разів хитає головою, ніби відганяючи пріч* Менині *слова.*] Ти не знаєш... ти... ти...
Мена:	Посидь і перепочинь. Ти й бабцю могла б узяти з собою. Подумай, яка то була б для неї, небораки, радість — господарювати в такому гарному домі... і бачити, як там оселишся ти. Для тебе, моя дівчинко, це просто чудово, а що він на кілька років за тебе старший, то хто б на таке зважав? Хіба ж ми всі не постаріємо, не встигнеш навіть оком змигнути? Я б і сама праву руку віддала, щоб опинитися на твоєму місці.
Сайв:	[*Без упину хитає головою.*] Прошу тебе, прошу... ти не розумієш, що кажеш. Як ти можеш мене про щось таке просити?

Мена: От завтра твій дядько сходить у монастир і скаже матері-настоятельці, що ти більше туди ходити не будеш. Навіщо такій дорослій жінці, як ти, збавляти дні серед дітей?

Сайв: Жити з цим старим я не змогла б ніколи. [*Благально*] Ну, уяви собі, що я прокидатимусь щодня зранку — і бачитиму біля себе ту його здрібнілу голівку… О, Боже мій! Ні! Я б ніколи не змогла!.. Я навіть подумати про це не можу!

Мена: [*Далі материнським тоном*] Дурниці, дитино! Це все пусте. Подумай про себе. Я знаю, на що ти йдеш. Ти думаєш, я б тобі щось таке радила, якби це не було для тебе найкраще? [*Обіймає* Сайв *за плечі.*] Сядь отут, дитино, і випий молока.

[Мена *обережно підводить* Сайв *до стільця, садовить її і стає позаду, легко поклавши руки їй на плечі.* Менине обличчя набуває проникливого виразу. Сайв *дивиться порожнім поглядом перед собою — у бік глядачів.*]

Мена: Уяви собі, як щонеділі, високо піднявши голову, їдеш своєю машиною до церкви і лиш у вікно позираєш… а там убогі тутешні легейди на запряжених віслюками возах, у засмальцьованих старих хустках і з пожовклими від вічного бруду навколо обличчями. Та ти Богові не надякуєшся, що тобі не доведеться до кінця своїх днів працювати мало не за хліб і воду, як бідним жінкам нашого краю.

Сайв: [*Піднімає голову і заламує руки.*] Уяви, що сказали б дівчата у школі! А як піти з ним на танці або до церкви, уяви!

Мена: Я уявляю тільки, якою великою мірою ти будеш сама собі пані. Маєш гроші — не маєш ворогів.

Сайв: Я не знаю, що думати і що сказати. Не хочу нікого образити, але за такого чоловіка я не вийду ніколи. Не вийду заміж узагалі!

Мена: [*Знову по-материнськи*] Ти свою думку зміниш! Зміниш, коли подумаєш про злидні, які залишиш позаду; коли подумаєш про обставини, за яких ти народилася.

[Сайв *зацікавлено обертається і невинно дивиться на* Мену. *Її раптом охоплює нетерплячка: ось нагода отримати нарешті відповіді на запитання, які так довго не давали їй спокою.*]

Сайв: Ти, звичайно, не пам'ятаєш, коли я народилася. [*Вона дивиться на* Мену, *й очі її розширюються. Вперше* Менин *монолог викликає у неї якесь зацікавлення.*] Ніхто ніколи не розповідав мені про моїх батьків, про те, якими людьми вони були.

[*Шукаючи правду,* Сайв *зазирає* Мені *в обличчя.*]

Мена: Я розповім тобі цю історію. Твій дядько, певне, так ніколи б і не наважився. Можна подумати, це якась вада, яку треба приховувати, а насправді це ж лише чин природи. Твоя мати, упокой, Боже, на небесах її душу, була милою дівчиною. Твій батько швидко ці краї покинув і, якщо живий, знати про себе ніколи не давав. Твоя мати, Бог їй у поміч, ні в чому не винна. А від бабці своєї, попри всі ці розмови і перешіптування в мене за спиною, правди ти не почула б ніколи.

Сайв: Мій батько... хіба він не втонув в Англії?

Мена: Твій батько, прости його, Господи, батьком не був ніколи. Він розправив вітрила і зник, як туман травневого ранку. Не дивно, що твоя мати померла від сорому. Без жодної провини, люба! [*З почуттям:*] У тому, що смертне, провини немає. Тобі ж і на думку не спаде, що двоє людей, у яких кров вирує у жилах, розлучаться назавжди. Так буває... [*переконливо*] веселі звуки скрипок та козиць, місячне світло на блідій гладіні

річки, прошептане слово... ніжні руки стрічають-
ся з сильними... [*на мить змовкає*].

Сайв: Ти наче казала, що розкажеш про мого батька.

Мена: [*Нараз без причини роздратувавшись*] Кажу ж
тобі, твій батько був нікчемою. Він не був бать-
ком. У нього не було імені. У тебе немає імені. І не
буде, доки не вийдеш заміж. Бачила голодного
хорта чи дворнягу? Так само і з людьми. Це не
більше, ніж голод. Настав час тобі сказати, моя
дівчинко. Ти — безбатченко, звичайне байстря!

[Сайв *намагається підвестися*. Мена *грубо штовхає її на-
зад на стілець.*]

Мена: Зі старою ти більше спати не будеш. [*Жбурляє
через усю кухню шкільний ранець.*] І до школи
більше не ходитимеш. Школа — для вчителів
і дітей. Кожна жінка рано чи пізно приходить
до віку, коли їй хочеться вже мати власну кім-
нату. Пам'ятаю, коли я була дитиною, та й жін-
кою вже була, ми, четверо сестер, тулилися всі
в одній кімнаті. Не було жодного куточка на ліж-
ку, який ми могли б назвати своїм. Ми сиділи
до пізньої ночі, розмовляли, злодіювали, дума-
ли, звідки візьметься в нас наступних пів пен-
ні, гадали, чи настане колись наша черга здиба-
ти хлопця, з яким можна було б зустрічатися,
розмовляти, а згодом, може, й заміж за нього
вийти. Ми готові були вбивати [*з глибокою до-
садою*]. Благати, позичати, красти. У самого ди-
явола жбурляти жаринами, аби тільки залиши-
ти позаду свої злидні й створити дім з чоловіком,
з будь-яким чоловіком, що дарував би нам чоти-
ри стіни, доки перебував би на цьому світі. [*За-
стережливим тоном*] Не звертай уваги на чо-
ловіка, який не має чим похвалитися, а лише
язиком плеще і теревенить, який на словах го-
товий для тебе й зірку з неба зняти, але не має

де постелити тобі шлюбне ложе. Тримайся чоло-
віка, який має майно. Він про свою обіцянку не
забуде. Він свого слова дотримає, бо слово три-
мати вміє... А тепер іди до кімнати і добре поду-
май про все, що я тобі сказала.

[Сайв *підводиться, несамохіть прямує до своєї старої кім-
нати, але, ніби нараз опам'ятавшись, повертає і виходить
через дальні двері до* Мениної *спальні.*]

КІНЕЦЬ ПЕРШОЇ ДІЇ

ДІЯ ДРУГА

СЦЕНА ПЕРША

[Мена *сидить за столом і складає список покупок до весілля. У двері стукають.*]

Мена: [*Прислухається.*] Заходьте!

[*Заходить* Ліам Скваб. *Він роззирається по кухні.*]

Мена: Ну й нахабний же ти чортяка, якщо отак просто сюди приходиш. Пощастило тобі, що Майка якраз нема вдома.

Ліам: Ви на пару з Майком мені потрібні, як п'яте колесо до воза. Я прийшов побачити Сайв.

Мена: Навіщо тобі Сайв?

Ліам: Хочу з нею поговорити.

Мена: Ти тільки даремно ноги трудив. Сайв теж не вдома. [*Відвертається, щоб дати лад вогнищу.*]

Ліам: А що ж тоді робить он там під стіною її велосипед?

Мена: [*Сердито*] Хочеш сказати, я брешу? Брехуху з мене робиш — і то в моєму власному домі?

Ліам: Я не казав, що ти брешеш. Подумав тільки, що ти, може, помиляєшся.

Мена: [*Голосно*] То ж один чорт, ні? Хіба я не сказала, що її немає?

Ліам: Нічого страшного, тоді я на неї почекаю. Я вам не заважатиму.

Мена: Тобі тут робити ні́чого. Якщо Майк тебе застане, буде побоїще. У цьому домі тобі не раді. Йди ліпше своєю дорогою і не дратуй мене.

Ліам: Я не хочу з тобою сваритися. Просто зачекаю, поки вона прийде.

Мена: [*Люто*] Мусиш таки свого доказати, га? Приходити в чужі домівки і робити колотнечу? Забирайся звідси, або я щипці до тебе візьму.

Ліам: Я її кохаю!

Мена: [*Передражнює його*] Кохаєш її! Звісно, кохаєш! О, так, кохаєш! Пристав, як сльота до плота.

[*Знадвору долинають якісь звуки; заходить* Майк.]

Мена: Глянь, хто тут у нас! Але я тут ні при чім, ніяк не можу його прогнати.

Майк: [*У пальті й кашкеті; кладе збоку на підлогу мішок і батіг, кидає на стіл кашкет.*] Бачу, бачу! [*Сідає на мішки.*]

Ліам: Ні тобі, Майку Ґлавіне, ні твоїй дружині я зла не бажаю.

Майк: [*Роззувається.*] Чого тобі треба, Сквабе?

Ліам: Я хочу побачити Сайв.

Майк: [*Задумливо бурмоче.*] Побачити Сайв, та невже? Сайв, отакої, саме Сайв — з-поміж усіх! Навіщо тобі її бачити, Сквабе?

Ліам: Хочу з нею поговорити.

Майк: [*Спокійно*] Ні, ти з нею говорити не будеш.

Ліам: Лише хвилинку.

Майк: Вона під моєю опікою. Доведеться тобі говорити зі мною.

Ліам: Знаю, з тобою говорити марно, але я чув, що Сайв виходить заміж.

Майк:	Від кого ж ти таке чув?
Ліам:	Від двох бляхарів, Карталона і Петса Бокока. Вони співали пісню. Відчитати цю новину було легко.
Мена:	Бачу тепер, що ти таки й справді дурень. І хто б ото увагу звертав на свиняче рохкання.
Ліам:	У їхніх піснях є свій сенс.
Майк:	Нема там жодного сенсу, сама нісенітниця.
Ліам:	Якщо це нісенітниця, тоді скажи мені, чому до вашого дому занадився Томашін Шон Руа, сват: приходить сюди щодня, а часто й двічі на день?
Майк:	У нас із ним свої справи. А ти, як той судовий пристав, мусиш всюди носа встромити.
Ліам:	Гаразд, але що ж тоді приводить сюди іншого гостя?
Майк:	Якого ще гостя?
Ліам:	Шона Доту, старого фермера; він теж тепер щодня до вас ходить.
Майк:	Так, і що ти про це думаєш?
Ліам:	Я чув, як він розмовляв сам з собою на дорозі.
Мена:	Розмовляв сам з собою, кажеш?
Ліам:	Розмовляв, а я почув.
Мена:	І що ж він такого там казав?
Ліам:	Усяке-різне про Сайв, як буде її парити, доки вона не подорослішає… і ще багато чого, але здебільшого цих слів і повторювати не варто.
Майк:	[*Сердито*] То й що? Тобі що до того?
Ліам:	Він одружується з Сайв, я знаю.

[Майк *із* Меною *обмінюються багатозначними поглядами.*]

Майк:	Ну от, знову за рибу гроші.
Мена:	Звісно, чи ж я йому не казала.

Ліам:	Важко повірити, що це правда.
Майк:	Немає тут жодної правди, чоловіче.
Ліам:	Заради Бога, припиніть обоє поводитися зі мною, як з дитиною. Про це знає вже вся парафія. На кожному перехресті тільки й мови, що Шон Дота сватається до Сайв, у селі в кожному пабі з цього жарти справляють.
Майк:	Ну, все, Сквабе, ти вичавив із мене весь терпець до останньої краплі. Забирайся звідси, поки мені руки не засвербіли тобі допомогти. [*Стискає кулаки.*] Краще йди, Сквабе, або я візьмуся за батіг.
Мена:	А я за щипці. Від них смуги не гірші.
Ліам:	[*Благально*] Заради Бога, прошу вас, не розпускайте руки. Кажу вам, я не хочу неприємностей. Якщо я вас засмутив, вибачте, та якщо маєте Бога в серці, то мусите розмислити про ці страшні торги. Ви ж знаєте, мусите знати, що настане день, коли всім нам треба буде відзвітувати за свої вчинки. Про мене можете забути. Обіцяю, що покину ці краї і не повернуся, аж доки Сайв не стане жінкою. Своєю небіжкою-матір'ю присягаюся. Але не віддавайте її тому гнилому старигганові зі зловтішними очима і тремтячими руками.
Майк:	[*Уже не так люто*] Годі, Сквабе! Йди геть! [*Відвертається вбік.*]
Мена:	Чи ж не один із твого кодла очорнив ім'я її матері, га? Який же ти нахаба, вискочень з канави.
Ліам:	Подумай, жінко, благаю тебе! Подумай, Майку Ґлавіне! Забудьте про себе і подивіться на все це очима добра, а не жадоби. Хіба ж вам не відома історія розп'ятого Сина Божого? [*Хитає головою від надміру почуттів.*] Чи ж ви забули про Того, хто помер на Голгофі? Забули про скорботу і жахливий смуток Його закривавленого

обличчя, яке спозирає на вас цієї миті? Чи будете просто стояти і дивитися, як одна за одною впиваються в Його безпорадне тіло тверді криві колючки?

Мена: [*Аж кипить від люті.*] Геть звідси! Геть!

Ліам: [*Задкуючи до дверей*] Ніщо ні на небі, ні в пеклі не може відкрити вам очі на зло!

[МЕНА *хапає з креденса гострий ніж.*]

Мена: Я тебе поріжу! Присягаюсь, поріжу, якщо будеш далі так мене дратувати!

Ліам: Я йду. Цей вечір ви ще пригадаєте.

[ЛІАМ *виходить.* МЕНА *похмуро кладе ніж на місце і дивиться на* МАЙКА, *який стоїть, насупившись, неподалік.*]

Мена: А з тобою що таке?

Майк: Нічого!

Мена: Ну, то ворушися. Тобі треба до священника.

Майк: [*Зітхає.*] Еге!

[*Входить дещо змарніла на виду* САЙВ.]

Сайв: Мені здалося, ніби я чула голос Ліама Скваба.

Мена: Тобі не здалося! Він справді заходив.

Сайв: Що йому було треба?

Мена: Такий чудний! Прийшов побажати тобі щастя. Ніколи б не подумала, що він щось таке зробить. Бажав тобі радості і достатку, бо почув про весілля.

Сайв: [*Вражено*] Бажав мені радості і достатку!

Мена: [*Киває.*] І молитиметься, щоб ти була щаслива, а сам поїде в чужі краї. Більше ми його не побачимо, Бог нам у поміч. Нехай собі з Богом їде!

Сайв: [*Здивовано*] Він ще щось казав?

Мена: [*До* МАЙКА:] Він ще щось казав?

Майк: М-м-м...

Мена:	Жоднісінького слова, лише крутнувся легко на закаблуках — і тільки його й бачили.
Сайв:	То він поїхав назавжди? [*Повертає назад до своєї кімнати.*] Подумати лишень — назавжди...
Мена:	Так, поїхав!
Сайв:	[*Мало не плачучи*] Ох, Ліам ніколи не міг би щось таке зробити.

[*Затуливши долонями обличчя, вона розвертається і виходить.*]

Мена:	Ну, все, залагоджено, нема більше про що й говорити.
Майк:	Не лежить їй до цього серце...
Мена:	Нічого, ляже згодом. Коли вона влаштує собі життя, все це буде й згадки не варте. Пригадай, якою була я, коли допіру прийшла в цей дім. Ніхто за мене доброго слова не замовив, і що, хіба, попри все, не стаю я зараз міцно на ноги?
Майк:	То була зовсім інша річ! Ти хотіла заміж, а Сайв такого бажання не має.
Мена:	Ти знову за своє? Знову марикуєш? Ніяка то не була інша річ. Що там було аж такого іншого? Коли в одному кутку сидить стара чортиця і з ранку до ночі на мене зіпає, а в другому репетує замурзана сиротючка...
Майк:	Сайв іще зовсім юна!
Мена:	[*Обурено*] А я, виходить, юна не була?
Майк:	Та знаю, знаю! Але...
Мена:	Але це, але те й але ще оте! Я до криниці по воду. Можеш поїсти, якщо хочеш.
Майк:	Я поголюся, до священника ж іду.
Мена:	[*Бере відро.*] У чайнику є вода, тобі стане.

[Мена *виходить.*]

Майк: Перекушу, коли поголюся.

[Майк *бере помазок, мило та небезпечну бритву і кладе їх на робочий стіл. Потому приносить чайник і наливає в балійку на столі води, знаходить у шафі рушник і починає розм'як-шувати щетину.*

Нечутно входить Нанна. *Прямує до свого крісла біля вог-нища, аж раптом спиняється, ніби заскочена якоюсь неспо-діваною думкою, й обертається.*]

Нанна: Чому це ти голишся о цій порі? У нас що, неділя нині чи понеділок?

Майк: [*Не обертаючись*] Хіба голитися — гріх? Я мушу на кожне таке питання відповідати?

Нанна: [*Зловісно*] У свій час ти відповіси на все і за все.

[Майк *нараз розвертається, в руках у нього мило і помазок.*]

Майк: І чого б то раптом, у чому річ?

Нанна: На цьому домі лежить прокляття зла. Твоя не-біжка-сестра і моя небіжка-донька проклене йо-го з могили.

Майк: [*Утомлено й дратівливо*] Ви ніколи не переста-нете мене діймати?

Нанна: Відколи та засмальцьована сука переступила наш поріг, удача обходить цей дім десятою до-рогою.

Майк: [*З погрозою в голосі*] Ти ж оце про кого?

Нанна: Про ту вічно голодну льоху, яка з тобою спить. Про ту злиденну негідницю, яку ти називаєш дружиною.

Майк: У тебе ніколи не знайшлося для неї доброго сло-ва. Вона моя дружина, і так буде завжди. Дру-жина чоловіка завжди буде його дружиною. Дай нам жити так, як ми хочемо.

Нанна: Я не збираюся ворохобити ваш дім і сіяти поміж вами чвари. Але до слів своєї матері, яка тебе годувала, коли ти ще пішки під стіл ходив, чувала над тобою, мов та яструбиця, оберігала тебе від дощу і вітру, ти мав би прислухатися. [*Майже зі слізьми в голосі*] Ти ж уже напевне прислухаєшся до матері, яка любила тебе так, як не любив ніхто і ніколи.

Майк: [*Втомлено, але тактовно*] Що з тобою, мамо?.. Що тобі пече?

Нанна: Сайв, Майку, Сайв! Бідолашна Сайв! Що ви з нею робите? У вас що, зовсім немає серця?

Майк: [*Відвертає голову.*] Це на краще, кажу тобі. Так буде краще.

Нанна: На краще, щоб вона вийшла заміж за того старого плюгавця?! Майку, подивитися мені в очі й ще раз сказати, що це на краще, ти не зможеш! Подивись мені в очі, сину!

Майк: Припини мені дірки в голові свердлити, гаразд? А що мені робити? Хочеш, щоб вона пішла тією ж стежкою, що її бідолашна мати? Хіба ти не знаєш, що на неї поклав око Скваб?

Нанна: Ліам Скваб — хороший хлопець. Він буде хорошим чоловіком. Ти вбив собі в голову казна-що, Майку!

Майк: Став його кревняк хорошим чоловіком для твоєї доньки? Хочеш, щоб і Сайв зачала в гріху? Хочеш, щоб іще один Скваб зробив свою брудну справу?

Нанна: Ти бозна-що городиш, синку! Ох! Бозна-що. Сайв із Ліамом Сквабом спокусі не піддадуться. У їхньому коханні є щось таке миле... Як же тобі не соромно, Майку!

Майк: Ти теж так швидко все забудеш? Сквабів кревняк, коли зрадив твою доньку, забув швидко. І руки в ноги після днів і ночей насолод узяв швидко.

Потім моя сестра померла — так само швидко. О, смерть швидка, мамо! [*Втрачає голову.*] Все — швидко, швидко, швидко. Одруження — швидко, кохання — швидко, молодість — швидко. Сайв перетворилася на жінку так швидко, що ми й не помітили. Не можна просити лише хорошого, мамо. Найкраще трапляється швидко — так само, як і найгірше. Найкращі думки та вчинки людини минають так швидко, що вона й усвідомити їх не встигає. Сайв пощастило. Вона виходить заміж молодою, без жодного тягаря за плечима. Вона лише дівчина, якій пощастило, а не жінка, яка переймається чоловіками.

Нанна: Як же це так, що всі чоловіки завжди знаходять слова, аби себе вигородити? [*Гірко*] А жінки за щастя мусять платити. Така вже наша сумна доля, поможи нам, Боже.

Майк: [*Збентежено*] Легше, мамо, легше!

Нанна: Як я можу легше, коли мою внучку виставили на продаж, ніби якусь тварину?

Майк: [*Кричить*] Я що, ніколи не матиму від вас усіх спокою?! Ви що, постійно будете мене шпигати і штрикати?!

[Майк *хапає рушник і загортає в нього мило, бритву і помазок, а тоді відчиняє двері на подвір'я. Бере балійку в одну руку, рушник — в іншу, робить усе це люто і рвучко.*]

Майк: Поголюся у стайні. Там ніхто не висітиме в мене над душею!

[Майк *виходить.* Нанна *повільно піднімається і зачиняє за ним двері, а тоді йде до своєї кімнати.*]

ЗАВІСА

[*Вечір два тижні потому.* Нанна *сама. Вона набирає в горня молока з бідона і сидить біля вогню, попиваючи його. Хтось тихенько стукає у двері, і* Нанна *підводить голову, але відповідає не одразу. Стукіт повторюється.*

Повільно Нанна *підводиться, йде до дверей і відчиняє їх. Заходить* Петс.]

Петс: Я вже з годину никаю зусібіч навколо дому, намагаюся вивідати, сама ти чи тут є хтось іще.

Нанна: Зараз сама, але вже ненадовго, Майк скоро повернеться з болота. Він мав би вже прийти, щось його затримало.

Петс: У будь-якім разі, добре, що ти сама. [*Озирається навколо.*] І що ніхто нас не чує і не бачить.

Нанна: Ти точно якусь капость задумав...

Петс: Зранку я бачив дівчину, Сайв, з жінкою, вони їхали до міста.

Нанна: Поїхали скупитися до весілля. Дота дав 50 фунтів на вбрання та випивку.

Петс: Я власне через те весілля й прийшов. Вчора ввечері у фургоні ми дещо задумали.

Нанна: І яке пуття з тих ваших задумів, коли весілля вже завтра вранці? Бідне дитя мало розум не стратило за останні тижні.

Петс: Вчора ввечері сидимо ми вдвох коло фургона, варимо собі зайця, і хто ж до нас підходить? Ліам Скваб, якому ваша Сайв з голови не йде. Файний хлопійко, милий і люб'язний, але через кохання до дівчини серце його розбите. Він уже так довго її не бачив.

Нанна:	Її не випускають з дому. Хтось постійно наглядає, щоб вона нікуди не пішла.
Петс:	Ото ми втрьох і виметикували план. Сьогодні вночі дівчина має втекти з дому. Він чекатиме на неї у себе.
Нанна:	З неї ока не спускають ані на хвилину.
Петс:	Навіть тоді, коли вона йде спати?
Нанна:	[*Схвильовано*] Зажди, твоя правда… і в кімнаті є вікно.
Петс:	Нехай іде просто в тому, що матиме на собі. Цс-с… [*На мить змовкає.*] Ти чула? Наче кроки…

[*Обидвоє прислухаються.*]

Нанна:	Пусте! І що далі?
Петс:	Вона має прийти до нашого юнака, і він тут-таки з нею побереться.
Нанна:	Ото б утерли їм усім носа!
Петс:	Фермерові Доті до молодої дівчини пхатися нічого. Якщо йому треба жінку, то нехай однолітку собі під бік покладе. Кохання до неї у ньому немає, він тільки на її тіло зуби точить. Юнак же щиро її кохає, а вона — його. Чого ще бажати!
Нанна:	[*Дає йому монету.*] Нехай оберігає тебе, Петсе, Бог на дорогах, якими ти мандруєш, за те, що ви троє вчора вимислили.
Петс:	Нас двічі просити не треба було! Господь Бог і сам нас винагородить!
Нанна:	А вони точно вранці одружаться?
Петс:	Точно. [*Виймає з кишені листа.*] Коли Сайв приїде з міста, віддай їй оце. Там усе написано, вона знатиме, що робити. Тільки щоб ніхто нічого не бачив, інакше вони нюхом відчують, що щось негаразд. Це наш єдиний шанс.

Нанна: [*Бере листа.*] Ніхто нічого не побачить, обіцяю. Нехай віддячить тобі за твою доброту Бог.

Петс: Це зовсім невеличка спокута за мої гріхи, а їх у мене ох як багато.

Нанна: Тепер тобі ліпше піти.

Петс: Це ще не все. Коли жінки повернуться з міста, я прийду знов, і то не сам, а з сином, з Карталоном. Ми заспіваємо пісню, їй-бо, заспіваємо і привітаємо з весіллям. Якщо ми вдамо, що не проти одруження Доти з дівчиною, то приспимо їхні підозри.

Нанна: То йди, і нехай береже вас Бог!

[*У дверях раптом з'являється* Майк.]

Майк: Я бачив, як ти йдеш, Петсе Бококу, і стежив за тобою, поки ти микався навколо дому. Шпиг шпигом: ховався, пригинався і придивлявся... геть-чисто шпиг!

[Нанна *квапливо ховає листа, але* Майк *його помічає.*]

Петс: Багато де побував я у своїх мандрах, але шпигом мене назвали вперше.

Майк: [*Заходить.*] Що ж ти тоді робив під домом? Зазирав по всіх закапелках і ходив туди-сюди навшпиньках!

Петс: Та кілька яєць збирався поцупити, але передумав і сказав собі, що, може, нехай краще попрошу спочатку.

Майк: Якщо ти попросиш у цьому домі яйце-друге, ніхто тобі не відмовить.

Петс: Так, звісно, я це добре знаю, але ж крадені ліпше смакують!

Майк: [*Підозріло*] Голову мені морочиш, не інакше! Що тебе сюди привело, я не знаю, але навряд чи щось добре.

Петс: Нічого поганого я вам не зробив, але якщо ви мене тут бачити не хочете, я піду.

Майк: А я не зробив нічого поганого тобі. Бачити тебе тут завжди раді — і були, і будуть. Але йди з дороги прямо в дім, і тоді тебе зустрінуть тепліше. Нікому не до вподоби, коли за його домом пантрують.

Петс: Боронь Боже, щоб я пантрував за кимось чи за чиїмсь домом. Той, хто шпигує за іншими, чи то за чоловіком, чи за його жінкою, — лиха душа. Добраніч вам обом, і нехай благословить вас Бог.

Майк: І тобі Божого благословення!

[Петс *виходить.*]

Майк: Чого він хотів, мамо? Що робив тут цей бляхар?

Нанна: Невже я мушу всякчас мати напоготові всі відповіді, бодай і для свого єдиного сина? Де якась повага до старших?

Майк: Я завжди намагався тобі догодити. Ніколи не давав язику волі. Важко бути під одним дахом хорошим сином і заразом хорошим чоловіком. [*Сідає і нахиляється вперед, дивлячись у простір перед собою.*]

Нанна: Ми були щасливі і задоволені життям, доки в нашому домі не з'явилася та жінка. Куди поділася твоя дотеперішня любов до Сайв? Хоч куди ти йшов, та завжди брав її з собою. Ти був для неї більше, ніж батько. Де обіцянка, яку ти дав своїй сестрі?

Майк: [*Досадливо*] Ти перестанеш мене мучити чи ні? Хіба я не казав тобі, що неможливо всидіти на двох стільцях одночасно? [*Підозріло*] А що це ти ховала, коли я зайшов? Від мене ти чекаєш відвертості, а сама влаштовуєш тут якісь фіґлі-міґлі з бляхарем. Скажи, що ти ховала?

Нанна:	Мені від тебе ховати нíчого.
Майк:	Ну от, знову ти мені брешеш!
Нанна:	Я скажу тобі правду, якщо ти, як мій син, даси мені слово, що це залишиться суто між нами.
Майк:	[*Урочисто*] Як твій син, даю тобі слово!
Нанна:	[*Виймаючи листа*] Це лист від Ліама Скваба для Сайв. Там немає нічого поганого. Він лише по-своєму з нею прощається, як то заведено у молоді! Дрібнички, суто між ними.
Майк:	Чому Петс Бокок стільки часу тинявся нашим подвір'ям?
Нанна:	Петс боявся віддавати листа комусь окрім мене. Якби він потрапив до рук твоєї дружини чи Томашіна Шона Руа, вони, звісно, просто спалили б його та й по всьому.
Майк:	Ти певна, що там більше нічого немає?
Нанна:	Хіба я в такім разі тобі не сказала б?
Майк:	[*Задумливо*] Гм...
Нанна:	І хіба я настільки вже збулася розуму, щоб показати його тобі, якби там щось іще було?
Майк:	Оце таки правда, як на мене.
Нанна:	Майку, сину мій, я знаю, що в глибині душі ти проти цього шлюбу. Я знаю, що ти маєш свою думку про все це, про того куцого воробня і про дитя твоєї сестри, яке зовсім тобі не байдуже.
Майк:	Мамо, дай мені вже спокій! Я тут між вами всіма з глузду з'їду, от побачиш.
Нанна:	Майку, віддай їй цього листа сам.
Майк:	О, ні!
Нанна:	Тоді він до неї взагалі не потрапить, бо коли я виходитиму з кімнати, вони триматимуть мене на оці й точно побачать, як я його передаю.

Майк: [*З моторошною щирістю*] Я... я... я не можу, мамо!

Нанна: Для неї це буде остання втіха — віднині аж до гробу.

Майк: Боже мій! Чого ж ви всі так на мене напосіли?!

Нанна: Якщо в тебе залишилася ще хоч краплина любові до нас із Сайв, візьми цього листа і віддай їй. Яка з цього шкода? Там же нічого немає, крім кількох слів на прощання і побажання щастя у подружньому житті.

Майк: Мамо, я зробив би все, що можу, але...

Нанна: Тоді зроби ту дрібничку, про яку я прошу. Ніхто про це не дізнається, а ти сповниш радістю серце своєї матері і, може, навіть принесеш дрібку радості Сайв.

Майк: Дай мені того листа!

Нанна: [*Віддає йому листа.*] Нехай благословить тебе Бог, сину.

Майк: [*Йде до полиці над вогнищем по свої окуляри.*] Стосовно Мени я поведуся, звісно, неправильно, але якщо там лише кілька слів на прощання, то шкоди з цього не буде.

Нанна: І ти не будеш його читати?

Майк: [*Раптом насторожившись*] А чому... чому я не повинен його читати?

Нанна: Ах, ти ж сам знаєш, які стосунки були між ними — нічого серйозного, але то була їхня особиста справа, як не крути. Якщо вона побачить, що лист розпечатали, то просто кине його тобі в обличчя і зненавидить тебе за це ще більше. Залиш листа запечатаним. Це з тих речей, що їх будь-яка дівчина хотіла б залишити собі на пам'ять після весілля.

Майк: [*З ваганням у голосі*] Щось надто вже ти переймаєшся, щоб я його не прочитав.

Нанна: А хіба я сама його читала? І віддаю тобі. Ти пообіцяв, що віддаси їй. От і тримайся обіцянки.

Майк: [*Дратівливо*] Я обіцянки дотримаюся.

Нанна: Бог тебе винагородить, Майку... У глибині душі ти хороший син.

[НАННА *швидко виходить до своєї кімнати.*

МАЙК *кілька секунд дивиться на лист, а тоді кладе його на полицю над вогнищем і не зводить з нього очей ще якусь мить. Потому бере щітку і йде підмести підлогу біля мішків з борошном.*

Двері відчиняються, і заходить ТОМАШІН, *одягнений як завжди. Він звично вже злодійкувато зиркає навколо.*]

Томашін: Бачу, з домашнім господарством ти давав би собі раду запросто. Так тою щіткою крутиш-вертиш, що й жінки позаздрять.

Майк: І день уже на схилку, а в тебе далі язик поза вухами теліпається!

Томашін: Ну, що в тебе нового?

Майк: Нового! Що в мене може бути нового, якщо я цілий день топчу торф хтозна-де на болоті?

Томашін: Приїхали вони вже з міста?

Майк: [*Невинно*] А кого б ото понесло раптом до міста?

Томашін: [*Зі сміхом*] Бігме, Майку, а в язикату Хвеську побавитися? Кого ж, як не твою благовірну з дівчам. Чи я не бачив, як Шон Дота тицьнув Мені п'ятдесят фунтів, щоб купити вбрання на завтрашнє весілля?

Майк: Видюче око Бог тобі дав.

Томашін: Він дав його тому, кому воно мало дістатися. П'ятдесят фунтів на вбрання — це дуже, дуже багато.

Майк: [*Обороняючись*] Їх дали на вбрання Сайв і на вбрання для Сайв витратять.

Томашін: [*Підходить до вогню.*] Так-то воно так, але ж нам обом відомо, що сорок фунтів з тих п'ятдесяти Мена прибереже для себе.

Майк: Що-що, а гроші рахувати ти вмієш чудово.

Томашін: Цим умінням Бог мене теж не обділив. Звісно, що поганого, якщо вона заробить кілька фунтів на купівлі вбрання, хіба ж не заслужила? Попрацювала заради цього весілля добряче, Бог усе бачить. [*Розвертається і йде до вікна.*]

[Майк *не відповідає і прямує через усю кухню до вогнища, а там озирається на* Томашіна, *який дивиться у вікно, і крадькома бере листа, щоб сховати його до кишені. Тієї миті* Томашін *раптом обертається.*]

Томашін: Що це?

Майк: Нічого!

Томашін: Відколи це Майк Ґлавін почав класти до кишені нічого?

Майк: Ну, якщо ти аж такий цікавський, то це лист, але ні тобі, ні мені до нього діла нема.

Томашін: [*Сміється.*] Поки сотня соверенів не опиниться у мене в нагрудній кишені, мені буде діло до всього. Кому це лист?

Майк: Сайв.

Томашін: Сайв, невже? А від кого?

Майк: Звідки мені знати? Бляхар Бокок приніс його, коли проходив мимо. Я їй передам потім.

Томашін: [*Нараз напружується і серйознішає. З тривогою:*] То це лист для Сайв?

Майк: Я ж так і сказав! Хтось, певне, шле їй напередодні весілля добрі побажання.

Томашін: І що ти з тим листом будеш робити?

Майк: Віддам Сайв, звісно, коли вона приїде з міста. Що ще мені з ним робити?

Томашін: Не дарма я часом про тебе згадую, ех, не дарма!

Майк: Про мене? Чому?

Томашін: Бо ти — найбільший дурень, ідіот, бовдур і телепень на всі сім парафій. Тобі навіть згорілого сірника довірити не можна. Звідки ти знаєш, що в тому листі? Добрі побажання — як вам таке? Якщо ти коли-небудь виберешся зі свого болота і зволиш уділити кілька днів на дорогу, то є один притулок для божевільних, де ти міг би трохи часу перебути, тобі це зовсім не завадило б.

Майк: [*Хмуриться, нічого не розуміючи.*] Це ж тільки лист.

Томашін: [*Передражнює* МАЙКА.] Тільки лист!

Майк: Якої шкоди можуть завдати кілька писаних слів?

Томашін: [*Терпляче*] Ох-ох-ох! Боже мій милий! Та от хоча б навіяти думки, які ворохобитимуть у ніч перед весіллям її юну голівку. Хіба ж ти не знаєш, що діється з жінкою напередодні? Вона крутиться, вертиться і знай гадає без угаву, правильно чинить чи ні. Жінка ніколи не знає, як поведеться її розум наступної хвилини. Це їхня біда. Такими вже їх створено. Тож і доводиться часто-густо вирішувати за жінку. Підстьобувати її і гнати вперед, інакше може так трапитися, що найнесподіванішої миті вона, ніби теличка, якій замакітрилося в голові по дорозі на ярмарок, нагло верескне, задере догори хвоста і шмигне крізь першу-ліпшу прогалину в живоплоті на чужі угіддя, цілком собою задоволена.

Майк: І що це означає?

Томашін: Нічого ти не знаєш! Відкрий листа і прочитай, що там у ньому.

Майк: Це не твій лист.

Томашін: Може, перестанеш дурня клеїти і витягнеш його нарешті з кишені?

Майк: [*Дістає листа.*] Але ж це лист для Сайв, дивися, тут ще й приписано червоним олівцем: «Особисто».

Томашін: Та нехай він буде хоч і зеленим, білим та жовтим олівцями надписаний і єпископським перснем запечатаний, все одно доведеться його відкрити. Ну ж бо, не муч мене далі, відкривай.

Майк: [*Поступається.*] Але ж, чесно, що такого?..

Томашін: [*Плаксивим тоном, глузливо*] Або ти його відкриеш, або до божевільні в Ґлінн-на-нҐілт, де тримають вашого брата, ми потрапимо вдвох.

Майк: [*Якусь мить помовчавши.*] Хіба вона не виходить завтра заміж? Нехай собі має того листа. Це ж особисте, дивись.

[*Він тримає лист у витягненій руці. Спритним швидким рухом* Томашін *вихоплює у нього з руки конверт, розриває його, виймає звідти згорнуті аркуші і їх розгортає. Якусь секунду він дивиться на них, а тоді передає* Майкові.]

Томашін: Читай!

Майк: Читай сам!

Томашін: Я в дитинстві до школи не бігав, часу на те не мав. Читай уже і не шукай собі зайвого клопоту.

[Майк *нерішуче бере листа і пильно розглядає першу сторінку.*]

Майк: [*З відразою*] Сам читай! Це лист для Сайв.

[Майк *простягає листа* Томашіну, *який, утім, заперечливо піднімає руку.*]

Томашін: [*Збентежено*] Не треба кпинів. Цей лист для мене — пташині сліди на снігу, не більше. [*Потім, твердо*] Або ти читаєш, або я йду з ним до Шеймуса Донала.

Майк: [*Скоряючись*] Гаразд! Гаразд! Я прочитаю, але все в мені протестує проти цього.

[Майк *дістає з нагрудної кишені окуляри і починає повільно читати. Голос його звучить напружено й монотонно.*]

Майк: [*Читає.*] «Моя люба Сайв...»

Томашін: А-а-а!

Майк: [*Зосереджується на читанні, що дається йому не так і легко. Читає.*] «Моя люба Сайв, ти, мабуть, пам'ятаєш, що востаннє ми з тобою розмовляли, коли я зустрів тебе дорогою зі школи...»

Томашін: Далі! [*Понад усіляку міру собою вдоволений*] Далі, коли твоя ласка! Там написано, від кого він?

Майк: [*Зазирає у кінець листа і читає:*] «Довіку твій, Ліам».

Томашін: Ох ти ж! Ох!

Майк: [*Прокашлюється і читає.*] «...Я чув від бляхарів-піснярів Карталона і Петса Бокока, що ти виходиш заміж за Шона Доту, фермера...»

Томашін: І що, ти й далі наполягатимеш, що це особистий лист? [*Переможно*] Далі вважаєш, що його не варто читати? [*Зарозуміло*] Ну, чоловіче, прочитай уже все, до лишку.

Майк: «...Сайв, моя люба Сайв, я не можу повірити, що ти виходиш заміж за цього висхлого старого з власної волі [*читає швидше*]... Хіба ти не пам'ятаєш ночей, тих зоряних ночей, які ми проводили разом далеко на болоті. Наші почуття сповнювали нас миром і спокоем. Я кохав тебе тоді, Сайв. Я кохаю тебе і зараз...»

Томашін: Ще б пак, звісно! Ага! От же ж негідник! Отак розбивати чесні сім'ї. Де ж у нього повага до закону цього краю і голосу священника?

Майк: Придерж язик і дай мені закінчити! [*Стурбованим тоном*] «Ти, напевно, подумала, що я впадаю у поетичний настрій...»

Томашін: Впадає? [*Гучно*] Та він уже впав і головою вдарився! [*Тоном знавця*] З таким підходом до справи жінки йому не здобути ніколи! Ніякій поезії там місця нема. Жінку треба схопити і притиснути так, щоб їй геть подих забило. От тоді з нею можна вже й поговорити.

Майк: То мені читати далі чи ні?

Томашін: Читай! Читай, дідько б тебе ухопив! Ти ж за писаним словом просто шаленієш.

[Майк *перегортає сторінку і продовжує, почуваючись бодай на мить господарем становища, бо ж уміє читати, а також, очевидно, вражений щирістю листа.*]

Майк: [*Читає.*] «...Тож я прийняв рішення. На мою думку, тебе до цього шлюбу примушують всупереч твоїй волі. Якщо це правда, а я всім серцем сподіваюся, що це так, то я благаю тебе, Сайв, зробити, як я кажу. Сьогодні ввечері, коли всі підуть спати, тихесенько вислизни з дому і приходь до мене. Я чекатиму на тебе там. Ми тут-таки поїдемо до міста й одразу ж обвінчаємося. Пам'ятай, я чекатиму на тебе цілу ніч...»

Томашін: О, трояндовий нектаре! О, виноградна крівце!

Майк: [*Читає.*] «...якщо ж ти не прийдеш, я вважатиму, що ти своїм вибором задоволена».

Томашін: О, місяченьку з зіроньками!

Майк: «Якщо це так, то прощавай і нехай береже тебе Бог. Довіку твій, Ліам».

Томашін: Ох! Вони ж усе добре спланували! Але Бог завжди виводить негідників на чисту воду. Намагатися викрасти бідолашну невинну дівчину під покровом ночі, це ж треба.

[Майк *складає і кладе на стіл листа. Він знімає окуляри і підносить з землі розірваний конверт. Очевидно, що лист його стривожив.*]

Майк:	Що будемо робити?
Томашін:	Не знаю! [*Поки* Майк *намагається дати лад своїм думкам,* Томашін *хапає листа щипцями і підносить його до вогню.*]
Майк:	[*Сердито*] Що ти робиш?

[Майк *намагається вихопити листа, проте* Томашін *грубо його відштовхує, а лист із конвертом падають долі.*]

Томашін:	Нехай горить! Те, чого вона не знатиме, їй не зашкодить. Той хлопака довго буде на неї чекати. [*Він наступає на палаючого листа ногою.*]
Майк:	Лист же був для Сайв!
Томашін:	Та прикуси язика, бовдуре дурнуватий! І ґавру свою на замку тримай. Я чую на путівці поні й візок. Забудь про листа. Ти не знаєш, якої шкоди міг завдати. Коли вона прийде, вдавай, ніби ніде нічого.
Майк:	Боже, поможи, але чи правильно я взагалі з дівчиною чиню? [*Говорить це наполовину сам до себе.*]
Томашін:	Заради Бога, та вчиниш ти так чи вчиниш інакше, то й що?.. То й що? [*Підвищує голос.*] Ти як та стара курка, що знай тикається і микається, то туди, то сюди, бо не знає, куди повернути. Та випростайся, чоловіче, і хоч раз у житті поведися по-дорослому. [Томашін *підходить до вікна і визирає надвір.*] Вони вже на подвір'ї... а візок наладований усякою всячиною... О! Ящики з портером! І ще чортзна-що!

[Томашін *обертається до дверей і захоплено потирає руки. На кухню заходить* Мена. *З одного боку під пахвою у неї великий пакунок у коричневому папері, з іншого — менший згорток.*]

Мена:	[*Сердито*] І нікому навіть на думку не спало відчинити двері, хоч ви й бачили, що я йду з повними руками.

Майк: Де Сайв?

Мена: Йде.

[*Заходить* Сайв *і сором'язливо стає збоку у своєму новому вбранні.*]

Майк: Модно.

Мена: Вийдіть до візка і принесіть ящики, а то стоїте тут, руками баламкаєте.

[*Не зронивши й слова, чоловіки виходять,* Майк *попереду.* Сайв *знімає нові туфельки на високих підборах, і м'яко, але ретельно розтирає собі правою рукою ступні, спершись на стіл лівою. Поволі вона знімає пальто і капелюх. Під сподом — ошатна блакитна сукня. Пальто і капелюх* Сайв *відносить до кімнати біля вогнища.* Мена, *з пакунками в руках, іде туди слідом за нею.*

Одразу ж на кухню заходять Майк *із* Томашіном, *несучи удвох ящик з випивкою.* Майк *прибирає стілець між креденсом та дверима і ставить ящик на його місце. Він підходить до креденса, знаходить відкривачку і спритно відкорковує дві пляшки, одну простягає* Томашіну. *Відкривачку потому кладе собі до кишені.*]

Майк: Ну, дай, Боже, за рік випити тут знову!

Томашін: Доброї долі всім, недоброї — нікому!

[*Обидва від щирого серця прикладаються до пляшок, опускають їх, піднімають разом удруге й осушують, а порожні пляшки кладуть назад у ящик. Потому знову квапляться на подвір'я.*

На кухню заходить Сайв, *уже в парі туфлів на низькому ходу. Вона сідає на стілець біля вогню, якось незграбно тримаючи на колінах руки.*

Томашін *із* Майком *приносять другий ящик, який ставлять поверх першого. Обидва обережно позирають на* Сайв, *а потім переглядаються між собою. Дівчина очей на них не підводить.*

На кухню заходить Мена.]

Мена: Заради Бога, поквалтеся і принесіть усе інше.

[*Чоловіки знову виходять, а* Мена *кладе руку на плече* Сайв.]

Мена: Зараз ми трохи поїмо. Маємо ковбаски та кілька скибочок бекону, а потім — солодкий пиріг.

Сайв: [*Не піднімаючи очей*] Я не голодна. [*Втомленим і зневіреним голосом*] Я, мабуть, краще піду спати. У мене просто розколюється голова.

Мена: Ти ж від самого ранку ані ріски в роті не мала. Не дивно, що ти погано почуваєшся, треба поїсти.

Сайв: Я зовсім не хочу їсти. [*З відсутнім виглядом*] Мені здалося б прилягти.

[Майк *із* Томашіном *знову заходять на кухню, несучи вдвох великий ящик чаю.*]

Мена: Поставте його туди! [*Чоловіки ставлять ящик збоку.*]

Майк: От тепер, думаю, я не відмовлюся від плящинки стауту.

Томашін: Він ще ніколи нікому не зашкодив!

[Мена *міряє його несхвальним поглядом, а* Майк *тим часом дістає з верхнього ящика дві пляшки. Відкоркувавши їх, він повертається і простягає одну* Томашінові.]

Мена: [*До* Майка, *з пересторогою:*] Ти що, не знаєш, що це питво з тобою робить? Будеш потім до самого ранку ригати і чмихати, ніби хворий кіт.

[Томашін *із* Майком *прикладаються до пляшок.*]

Майк: Усе гаразд, жінко! Все гаразд!

Томашін: У тебе такий делікатний шлунок?

Майк: [*До* Сайв, *доброзичливо:*] Хочеш краплю лимонаду, Сайв, чи, може, келих вина, щоб зігрітися?

Сайв: [*Зітхає.*] Ні! Щось не хочеться.

Мена: [*Не сердито*] А що будеш? Їсти не хочеш, пити не хочеш. А чого хочеш?

Сайв: [*Хитає головою.*] Нічого!

Мена: Не знаю навіть, що тобі сказати.

Сайв: [*Підводиться, повільно й утомлено.*] Думаю, я піду спати.

Мена: Постіль на тебе чекає. Може, захочеш чогось пізніше.

[Сайв *поволі йде до своєї кімнати.* Мена *проводжає її пильним поглядом.* Сайв *виходить.* Мена *йде до креденса і ставить на стіл три тарілочки.*]

Мена: Вийди і розпряжи поні. Ти ж не хочеш, щоб бідолашна тварина так на ногах там і задубіла?

[Майк *докінчує пляшку, ставить її в ящик і квапливо виходить, зачиняючи за собою двері.* Мена *повертається до креденса і ставить на тарілочки три горнята.*]

Томашін: Ну?

Мена: Що — ну?

Томашін: З дівчиною все гаразд?

Мена: Я ж тобі казала, про це хвилюватися не варто. Ти вранці не забудь забрати те, що нам належиться.

Томашін: Коли на пальці в неї буде обручка, я займуся грошима. До того часу Шон Дота не викладе ні фартинга, навіть не думай.

Мена: О, про це можеш мені не казати!

Томашін: Він дав тобі п'ятдесят фунтів на вбрання. [*Підходить з пляшкою в руці.*]

Мена: У цьому була потреба!

Томашін: За п'ятдесят фунтів можна було цілу крамницю купити.

Мена: Він дав мені ті гроші і сказав ними розпоряджатися на свій розсуд. Я купила все найкраще, і якщо й залишився якийсь шилінг-другий, то хто має на нього більше права, ніж я?

Томашін:	Ліам Скваб прислав Сайв листа!
Мена:	Що?!
Томашін:	Він [*киває у бік подвір'я, куди пішов* Майк] був за те, щоб того листа їй віддати.
Мена:	Ото дурень! Де той лист? Де?
Томашін:	Заспокойся, жінко! Заспокойся! Я його у нього забрав і спалив.
Мена:	Добра робота!
Томашін:	А що там зі старою?
Мена:	Мене цілий день не було вдома. Ні вчора, ні позавчора вона не виходила.
Томашін:	То й добре.

[*Двері відчиняються, заходить* Майк *і одразу бере з ящика пляшку.* Томашін *залпом осушує свою і ставить її в ящик, а тоді забирає пляшку з рук у* Майка *і дає тому іншу, з ящика.*

Майк *неквапно засовує руку в кишеню штанів і дістає звідти відкривачку. Спершу він відкорковує пляшку* Томашінові *(той міцно її тримає), потім — собі, і сідає на мішки.*

Томашін *сідає на ящик з чаєм. Обидва підносять пляшки до рота і роблять добрячий ковток.*]

Мена:	Якщо ви будете продовжувати в тому ж дусі, то скоро там не залишиться нічого. Стримайтеся трохи, завтра ще не настало.
Майк:	[*Піднімаючи на знак заперечення свою пляшку*] Та ми лише пару пляшин старого портеру...
Томашін:	[*Сам собі на потіху.*] Скоро будемо купатися в достатку!
Майк:	І компанія нам зараз буде. Я бачив його на дорозі, ще далеко внизу...
Мена:	[*Дуже зацікавлено*] Кого бачив?
Майк:	Доту! [*Піднімає пляшку і п'є.*]
Томашін:	Многая літа!

Майк: Многая літа нам!

Мена: Шона Доту?

Майк: Шона Доту, фермера! [*П'є.*]

Мена: Ти б трохи легше, га?! Пам'ятаєш, що було, коли ти востаннє пив портер? Пам'ятаєш, що ти в кімнаті лишив тоді після себе? Ну от викапане мале паця: ссало б і смоктало все, до чого допадеться. Ти до розуму дійдеш коли-небудь чи ні?

Томашін: [*Урочисто*] А може, ліпше наперед за те, що буде, не пити! От беркицьне він зараз на дорозі і віддасть Богу душу, то що, не опинимося ми вранці біля розбитого корита, цілому краю на сміх?

Майк: Ну, тут-то він у безпеці. [*Підносить голову і прислухається.*] Ану стуліть писки! Він уже під дверима!

[Томашін *нараз підхоплюється на ноги і відходить до дальнього краю робочого столу, а там обережно підносить до рота пляшку і повільно п'є, тримаючи на оці двері. У двері несміливо стукають.* Мена *йде відчинити. Заходить* Шон Дота; *вигляд у нього, як завжди, вибачливий. Він вітається з присутніми своїм звичним напівсмішком.*]

Томашін: Вважай на голову, Шоне.

Мена: Шоне, сядеш коло вогню?

Шон Дота: [*Одягнений, як і раніше, застережливо піднімає руку і вибачливо сміється.*] Мені не треба вогню, дякую. Ніякого вогню. [*Заклавши руки за спину, він роззирається по кухні.*]

Томашін: [*Зачиняє вхідні двері.*] Так-так, скоро вже матимеш вогонь прямо під боком, чортяко!

Шон Дота: [*Вибачливо сміється.*] Хо-хо! Жартівник! [*Хитає головою.*]

Мена: Присядеш? Ти, мабуть, просто грудка нервів, ждеш не діждешся ранку?

Шон: [*Зі сміхом*] Ой, бігме, так, таки так! Зайшов ото глянути, чи все гаразд.

Майк: Перепочинь, Шоне! Все гаразд!

[Шон *сідає на стілець праворуч від кухонного столу.*]

Мена: Сайв пішла до себе в кімнату трохи перепочити.

Шон: Трохи перепочити не завадить.

Майк: Погода тримається чудова.

Шоне: Дощ уже давно на підході. [*Сміється.*] Як улле, гадаю, то таки улле. Але яка з цього шкода? Хіба що збіжжя буде рости краще.

Томашін: Твоя правда.

[Мена *підходить до креденса і бере звідти невеликі тарілки, які розставляє на столі. Потому схиляється до нижньої частини креденса і дістає велику тарілку з домашнім хлібом. Чоловіки далі розмовляють.*]

Майк: Кажуть, ціна на молоко піде догори.

Шон: [*Сміється.*] То й добре, нам це не зашкодить. Ми ж онде скільки витрачаємо на годівлю корів. А ви, бачу, святкуєте.

Майк: Ще б пак, у такий-ото вечір!

Шон: [*Сміється.*] Ого!

[Мена *бере з креденса ножі та ложки і кладе їх на стіл, а тоді нарізає хліб.*]

Майк: Шоне, візьмеш собі щось сам?

Шон: [*Сміється.*] Ого! [*Кидає швидкий погляд на ящик з пляшками.*]

Майк: Цим ще зроду ніхто не отруївся.

Шон: [*Сміється.*] Ну... мабуть...

Мена: [*Повертається до* Шона *з піднятим ножем у руці.*] Жоден чоловік ні краплі випивки не візьме до рота напередодні свого весілля.

Майк: Це правда.

Мена: Зараз наллю тобі хорошого лимонаду, Шоне.

Шон: Не звертайте на мене уваги! Я просто собі тут посиджу.

Мена: Я звільню тобі місце за столом.

[МЕНА *підходить до креденса і ставить на стіл ще одну тарілку з горням. Потім бере з креденса глечик, наповнює його, обтерши знизу ганчіркою, і ставить на стіл.*]

Майк: [*Закликаючи всіх до тиші.*] Ану цитьте!

[*Усі уважно прислухаються, а звіддалік — помилитися годі — долинає дедалі гучніший звук борана.* ТОМАШІН *непомітно відступає до вогнища і з острахом стає спиною до нього.*]

Томашін: Це Бокок із сином.

Майк: Заходьте, прошу.

[*Чути постукування ціпком по дверях, в такт борану. У дверях з'являються* ПЕТС *із* КАРТАЛОНОМ. КАРТАЛОН *грає і співає.*]

Карталон: Прийдіть, почуйте, як співаю,
благословення посилаю
молодому й молодій.
Нехай живуть собі в радості,
печалі не знають до старості,
лише щороку по дитяті —
бажаю щиро їхній хаті.

Майк: Чудово! Чудово! Ласкаво просимо. Портер будете?

[МЕНА, *склавши на грудях руки, насуплено стоїть поруч.*]

Петс: Ще й як будемо! Ми бачили ящики, які везли битим шляхом, з пляшками портеру, що підстрибували всередині, мов ті оленята. Ех, спраглий та за ящиком портеру я б і до пекельної брами дійшов, а мо' й далі.

[МАЙК *дістає з ящика дві пляшки, відкорковує їх і подає* КАРТАЛОНОВІ *й* ПЕТСУ, *а тоді відкладає свою порожню пляшку і відкорковує собі нову.*]

Петс: Ну, щоб ваш дім не знав нужди!

[Петс *п'є до* Майка, *і той відпиває зі своєї пляшки.* Петс *із* Карталоном *спорожняють свої пляшки одним ковтком.* Майк *із пляшкою в руці повертається до свого стільця.*]

Майк: Може, сядете?

Петс: Ми краще постоїмо.

Майк: Ви всіх тут знаєте?

Петс: Так, знаємо.

Майк: І Шона Доту, який вранці одружується, теж знаєте?

Петс: [*Значуще*] І фермера знаємо.

Майк: Що нового в краю?

Петс: Скрізь заробляють гроші. Обличчя краю змінюється. Дрібний селянин, в якого тільки й усього, що одна корова, свиня та клаптик болота, стає на ноги. Витягує себе з багна і бруду, де скнів роками. Відходить від купи гною та свого задимленого кутка. Крамар стає поступливішим. Це лише те, що я бачу у своїх мандрах. Новим господарем землі буде фермер. Як він керуватиме? Як триматиметься, одержавши такі нові багатства? Всюди будуть великі зміни. Служник уже носить комірець і краватку. Служниця нафарбована й напудрена, на ногах у неї шовкові панчохи, а під сукнею — куценьке спіднє з оборками. Це лише те, що я бачу у своїх мандрах. Служник відкине посторонки і подасться на велику дорогу. Грошей буде вдосталь. [*Показує на* Шона Доту.] Такі, як ото він, стануть новими володарями цієї землі. Бережи її, Боже!

Мена: Як ти смієш ображати поважного чоловіка в моєму домі?

Петс: Це лише те, що я бачу у своїх мандрах, жінко... лише те, що бачу у своїх мандрах.

Томашін: Ну, то все, мандруйте вже звідси. Яке нахабство!

Петс: Карталоне! Твою найкращу! [*Він стукає ціпком по підлозі.*] Найкращу з найкращих!

[Петс *знову стукає ціпком, а* Карталон *готується заспівати. Потім стукіт стихає, і* Карталон *співає.*]

Карталон: Нехай верещить від страшенної спраги,
А очі й мізки 'му хай луснуть від згаги!
От же ж ошуст, дурилюд!
Хай блохи зжеруть 'му барліг,
болячки хай б'ють навідліг
чорнюха з-під гори, Шонця Руа.

Майк: Чудово! Чудово! [*Від утіхи ляскає себе долонею по коліну.*]

Шон: Хо-хо! Хо-хо!

[Томашін *аж кипить від люті.* Мена *втуплюється у бляхарів похмурим поглядом.*]

Майк: В яблучко! Слово честі, прямо в яблучко!

Шон: [*Підводиться.*] Ну, я піду. Бог свідок, вставати мені завтра спозаранку.

Мена: Зачекайте, я покличу Сайв. Їй же, напевне, до смерті хотілося б іще побачитися з тобою, заки ти підеш.

Шон: [*Миттю передумує і знову сідає на стілець.*] Боже мій, звісно! Я ще хвильку-другу посиджу!

[Мена *заходить до кімнати біля вогнища.* Петс *скидає капелюха і стає з ним в руці перед* Шоном.]

Петс: Тобі на вдачу! Жменю срібла!

Шон: Ти ба, які спритні! Гроші на дурняка, та невже?

[Петс *із гідністю відходить і стає поруч із сином.*]

Майк: Втомився, мабуть, Шоне? Я знаю, що таке день перед весіллям.

Петс: Для цього небораки одруження стане спочинком.

Шон: [*Сміється.*] Спочинком?

Петс: Ця дівчина — твоя смерть.

Шон: Як ти смієш?! Як ти смієш, бляхарю?

Петс: Вичавки зі жвавої юної дівчини зупинять твоє серце, старий. Карталоне, твою найкращу! Най-найкращу!

Карталон: [*Співає.*]
Хай 'му кури камінням несуться,
хай 'му кості на вітрі трясуться,
хай 'го цілого всипе короста.
Присягаюся цими віршами,
скоро Шона не буде вже з нами,
от-от — не почислиш навіть і до ста!

Мена: [*Вбігає назад на кухню й істерично кричить.*] Її нема! Під ковдрою в ліжку — згорток одягу! Вона від нас утекла!

Томашін: [*Грубо хапає її за плече.*] Що ти верзеш? Візьми себе в руки!

Мена: Її нема, кажу вам! Вікно в кімнаті відчинене!

Томашін: Узяла з собою якісь речі?

Мена: Ні!.. Ні!.. Нічого! Навіть взуття на місці.

Томашін: Може, вона прослизнула в кімнату до старої?

[Мена *випручується з його рук і стрімголов кидається до* Нанниної *кімнати.*]

Томашін: [*Гучно*] Ну? Вона там?

Майк: [*Підводиться.*] Куди вона могла піти ледь не гола-боса о цій порі, вночі?

Петс: Недавно, коли ми вже піднімалися вгору від хреста, я бачив…

Томашін: Викладай! Що ти бачив?

Петс: [*Похмуро*] Може, очі мене підманули, але мені здалося, ніби я бачив дівочу постать, яка промайнула на болоті біля кінця зрізу, де ті глибокі ями. Я ще подумав тоді, що це, напевне, тінь.

Мена: [*Опанувавши себе*] А чому ж ти не сказав про це, коли прийшов?

Петс: Звідки мені було знати, що то щось варте уваги? Лише тепер, коли ти заговорила про дівчину, я зміркував, що то якраз і могла бути вона, Сайв.

Томашін: От же ж старцюга брудний! Старий шкандиба! Знав ти, чудово все знав, чорти б тебе вхопили!

Петс: Не знав, та й нехай хоч усі парафіяни вночі по болоті набосака шастають — мені що до того?

Мена: А якщо вона впала в яму... Боже мій! [*Верещить до* Майка:] Знайди її! Знайди! Швидше!

Майк: Я візьму в стайні ліхтар...

[Мена *кидається до кімнати біля вогнища і тут-таки вискакує звідти з високими гумовими чоботями в руках.* Майк *одним рухом скидає черевики і натягує чоботи.*]

Томашін: Я піду з тобою.

Шон Дота: І я з вами.

Мена: Не йди, Шоне! Я не залишуся тут сама. Залиштесь, хто-небудь. Залиштеся зі мною. Я не буду тут сама!

[*Ззовні долинає несамовитий голос.*]

Ліам: Винесіть світло!.. Світло!.. Відчиніть двері... Я йду з болота...

[Томашін *відчиняє навстіж двері.* Мена *біжить туди з гасовою лампою в руці.* Майк *теж поспішає до дверей. Всі злякано перезираються.*

Коли до дверей підходить Ліам, *вони сахаються назад. На обличчях у них з'являється вираз жаху.*

Заходить Ліам. *Він простоволосий, у мокрому вбранні. Обличчя в нього бліде, мов у примари. На руках він несе* Сайв. *Волосся прилипло їй до голови, а дрібне тіло безвольно звисає* з Ліамових рук. *Не роззираючись, Ліам іде далі й спиняється біля столу.*

Петс ступає наперед і ціпком змітає зі столу все дочиста. Розбиваючи тишу, брязкає об землю посуд. Ліам благоговійно кладе нерухоме тіло на стіл.

З обидвох — і з Ліама, і з Сайв — скрапує на підлогу вода. Ліам складає руки Сайв їй на грудях. Мена замінює лампу.]

Ліам: Рушник, треба обтерти їй волосся!

[*Мена подає Ліаму рушник. Томашін влізає поміж них, щоб глянути на тіло, жахається, нишком-тишком відступає назад і виходить, крадькома озираючись навколо. Це помічає лише Шон Дота, який тихенько йде, задкуючи, за ним до дверей і також виходить.*]

Ліам: [*Зі сльозами на очах*] Я бачив, як вона бігла через болото в одній лише легенькій сукенці супроти нічного холоду. Мчала, як вітер, і кричала так, що в мене просто розривалося серце. [*З глибокою печаллю*] Я гукав, але вона не зупинялася. Сама відібрала у себе життя. Я знайшов її нескоро. Бідолашне вимордуване дитя.

Мена: Утопилася… померла…

[*Ліам раптово обертається до Мени, палаючи гнівом.*]

Ліам: Це ти вбила її! Ти… ти… ти вбила її! Мерзотна брудна сука! Нехай Ісусова рука скарає тебе тут і тепер, щоб ти з місця не зійшла! Ти, безсердечна негіднице, загнала бідну дівчинку в могилу.

[*Приголомшена Мена відступає перед ним, дурнувато прикриваючи рукою рот.*]

Ліам: [*Кричить*] Забирайся геть!.. Геть!.. Ти забруднюєш її чистий дух своєю присутністю. Геть, відьмо!

[*Ліам замахується затиснутим у кулаці рушником, наміряючись ударити Мену. Та квапливо зникає у себе в кімнаті, а Ліам заходиться дбайливо, з любов'ю витирати рушником волосся Сайв.*]

Ліам: Яке ж у неї гарне волосся! [*Він бере дівчину за руку.*] Таке чудове, шовковисте, біляве!

Майк: [*Дурнуватим, ідіотським тоном*] Священник... треба піти по священника... їй треба священника... Свята земля... її мають поховати у святій землі... священник... я маю піти по священника...

[*Ліам кидає на Майка пекучий погляд.*]

Ліам: То йди по священника!.. Ну! Йди!

[*Майк хапає Ліама за обидві руки.*]

Майк: Я не можу йти сам!.. Поодинці по священника не ходять, це ж до біди. Знаєш старе прислів'я...

[*Майк, як дурний, белькоче якусь нісенітницю. Ліам з силою виривається, хапає його за руку і тягне до дверей.*]

Ліам: Ходімо! Я проведу тебе повз місце, де вона втопилася. Далі вийдеш на дорогу. Знайдеш собі якусь компанію.

[*Вони обидва виходять, залишивши Петса з Карталоном наодинці з Сайв. За мить Карталон ступає вперед і торкається рукою дівочого обличчя, сумно дивлячись на нього. Минає кілька секунд, і Петс стукає по підлозі ціпком, а Карталон повільно відходить. Обидва чоловіки виструнчуються. Потім тихо стукає ціпок, і кісточки пальців починають ледь чутно постукувати по борану, щоб уповільнити час. Карталон співає неквапно й ніжно. Петс лагідно дивиться на нього.*]

Карталон: [*Співає*] О, люди праведні і добрі,
        прийдім-прийдім,
  сумну історію я зараз
        вам всім повім,
  про дівчину-красуню,
        що згинула сьогодні;
  ох, утопили милу Сайв,
        спочила у безодні.
  Не матиме весілля,
        не буде невістою,
  лежить тут, щоб у землю йти
        зовсім ще молодою.

[*Повільно вони розвертаються і так само повільно, крокуючи в ногу, виходять у двері;* КАРТАЛОН *далі ніжно співає.*]

Карталон: О, люди праведні і добрі,
     прийдім-прийдім,
  сумну історію я зараз
     вам всім повім,
  про дівчину-красуню,
     що згинула сьогодні;
  ох, утопили милу Сайв,
     спочила у безодні.
  Не матиме весілля,
     не буде невістою,
  лежить тут, щоб у землю йти
     зовсім ще молодою.

[*Спів стихає, поволі-поволі; водночас пригасає світло на кухні.*
 У тому тьмяному вже світлі неквапом виходить зі своєї кімнати НАННА *і йде туди, де лежить* САЙВ. *Вона схиляє голову над мертвим тілом і тихо плаче. Спів затихає повністю.*]

ФІНАЛЬНА ЗАВІСА

ДІЙОВІ ОСОБИ

НАННА ҐЛАВІН

Хоч у вирішальні моменти п'єси Нанна Ґлавін демонструє гідну захоплення чесність, за своєю натурою вона аж ніяк не ангел і характер має геть не м'який. У відповідь на ненависть та образи з боку Мени Нанні стає запалу й темпераменту платити тією ж монетою. Мени вона не зносить і незадоволена тим, що та замінила її у ранзі господині дому: «Я була тут до тебе». За тогочасним звичаєм, після одруження сина свекруха передавала дім і господарство під оруду невістки, але Нанна так легко відмовлятися від свого статусу не бажає: «І такі-ото докори я маю вислуховувати денно й нощно — і то у власному домі?».

Іноді вона й сама Мену провокує і ображає, особливо тоді, коли знай згадує і жорстко коментує невістчину бездітність: «О, ти б добре горіла, бо ж усередині суха, як пекельне каміння. Кожна жінка твого віку на парафії має дитину, а ти цим похвалитися не можеш». Також Нанна робить різкі зауваження щодо злиденного походження Мени: «Той ще батечко — напівголодний гордяк-жебрак». Вона також не вагається критикувати Мену поза очі, перед Майком: «Ти це ж про кого? — … Про ту злиденну негідницю, яку ти називаєш дружиною».

Та попри всі Наннині недоліки, глядачі незмінно їй співчувають, бо вона опинилася у важкій ситуації. Складні стосунки з непостійною та непоступливою Меною мають бути для неї страшним тягарем. Нанна любить Сайв безоглядно, тож планами щодо заміжжя онуки обурена і висловити своє несхвалення не боїться: «У цьому домі закладено гріх». Вона є найближчою довіреною особою Сайв і знає про її таємного коханого, Ліама Скваба. Нам дуже шкода Нанну, коли Мена з Томашіном Шоном Руа вчиняють жорстокий, огидний напад на неї: «Йди!.. Бери торбу на плечі і йди жебрати попідтинню, від дверей до дверей».

Незважаючи на погрози запроторити її до страшної богадільні, де курити люльку їй ніхто не дозволить, Нанна робить усе можливе, щоб не допустити шлюбу Сайв із Шоном Дотою. Вона пристрасно благає свого сина Майка зупинити здійснення цих задумів: «Як я можу легше, коли мою внучку виставили на продаж, ніби якусь тварину?». Вона захищає перед Майком Ліама Скваба, стверджуючи, що той — «файний хлопійко», щирий і гідний довіри: «У їхньому коханні є щось таке миле…». Ба більше, Нанна вступає у змову з Петсом Бококом, щоб передати Сайв листа, завдяки якому та мала б утекти зі Сквабом. Утім, потім вона поводиться, либонь, таки по-дурному, наївно і необачно, адже довіряє того листа Майкові, а той незумисне передає його Томашінові Шону Руа.

Після загибелі Сайв серце в Нанни розбите, і Кін демонструє це напрочуд гостро, закінчуючи п'єсу епізодом за її участі. Коли вона виходить зі своєї кімнати попрощатися з улюбленою онукою, не відчувати глибокого зворушення глядачі просто не можуть.

МЕНА ҐЛАВІН

Мена Ґлавін — одна з найморошніших жіночих постатей на ірландській сцені. Вона незадоволена своїм життям і гірко нарікає на те, який жалюгідний шлюб уклала, побравшись з Майком Ґлавіном: «Глянь, що прижила у шлюбі я: чотири корови на схилі гори та кілька акрів болота». Це жінка вельми працьовита: за її словами, родинна ферма постала здебільшого саме завдяки її зусиллям.

Зі свекрухою, Нанною Ґлавін, у Мени складні, напружені стосунки. Між ними панує жорстока ворожнеча. Нанна Мену зневажає і користується кожною нагодою, щоб образити родину, з якої та походить, і дорікнути невістці за бездітність. Роз'ятрена ж Мена відповідає на уїдливі зауваження Нанни з ненавистю і постійно їй докоряє, бо та курить люльку: «Колись ця люлька спалахне там, де ти її сховала, і ти вибухнеш великим чорним клубом диму та попелу».

Упродовж усієї п'єси Мена дратівлива, різка і сварлива. Тісному зв'язку між Нанною та Сайв вона, схоже, заздрить. До Сайв ставиться зі зневагою і тяжко шкодує, що змушена ту виховувати і платити за її освіту. Томашін Шон Руа не сумнівається, що Мені стане підступності й розрахунку, аби погодитися на щось настільки обурливе, як шлюб із Шоном Дотою. Він цілком свідомо приходить насамперед до неї, бо знає, що її твердий характер і амбітність допоможуть здійснити задум.

«Я знав, до кого найперше звернутися, від самого початку знав». Безжальна Мена вбачає у запропонованому шлюбі шанс позбутися Нанни й отримати заповітні 200 фунтів.

Справді, гроші мають для Мени величезне значення: «То по чім одне пація?». Вона ощадлива, ненавидить марнотратство, докоряє Нанні з Сайв за те, що ті марнують, мовляв, гас для лампи, і показує себе огидною скнарою, коли відмовляється дати Петсові Бококу чаю та цукру. Однак таке її ставлення до грошей може свідчити про скрутні часи, які доводилося переживати фермерам: «У нас жодне зароблене пенні не пропаде».

Мена працює над тим, щоб переконати Майка Ґлавіна погодитися на шлюб, неквапно й уміло. Вона спритно використовує на свою користь Майкову любов до грошей: «Якщо ми видамо її заміж, то отримаємо двісті фунтів...». Вдається до будь-яких хитрощів, до будь-якої наявної у неї в арсеналі тактики, щоб нав'язати йому свій спосіб мислення. Закидає Майкові брак мужності: «Гаразд, іди! Іди геть. Тьху ти, не чоловік, а глевтяк якийсь». Використовує свою сексуальність, щоб зачарувати його й умовити, адже пам'ятає слова свого наставника, Томашіна Шона Руа: «Хіба ви не в одному ліжку спите?».

Щоб отримати бажане, Мена зробить і скаже все, що завгодно. Вона жорстоко засмучує і приголомшує вразливу Сайв історією її народження: «У тебе немає імені. І не буде, доки не вийдеш заміж». Знає-бо, що, граючи на невпевненості дівчини, зламає її і підкорить, змусить до шлюбу, що, зрештою, неминуче й стається. Забезпечуючи безперешкодне здійснення своїх планів, Мена вживає проти Сайв суворих заходів. Заборонивши бабусі й онуці спати в одній кімнаті, вона віддаляє

Сайв від Нанни. Вона в одну мить припиняє навчання Сайв, з силою жбурнувши через усю кухню шкільний ранець, а щоб запобігти її зустрічам з Ліамом Сквабом, повністю обмежує їй пересування.

Задля досягнення своїх цілей Мена не зупиняється ні перед чим. Вона мстиво залякує Нанну й укупі з Томашіном Шоном Руа знущається над нею, погрожуючи їй злиднями: «Вона й так уже тягар, але прокляттям не стане». Погрожує Ліаму Сквабові фізичною розправою: «Я тебе поріжу! Присягаюсь, поріжу, якщо будеш далі так мене дратувати!». Та найстрашнішою стає, мабуть, тоді, коли бреше Сайв, що Ліам Скваб заходив побажати тій усього найкращого з нагоди весілля.

Мена отримує у п'єсі багато негативної критики. Нанна називає її «голодною льохою» і «засмальцьованою сукою». Ліам Скваб звинувачує її в убивстві Сайв: «Ти, безсердечна негіднице, загнала бідну дівчинку в могилу».

На захист Мени можна сказати, що класичною, традиційною лиходійкою з мелодрам її не назвеш. За словами Емер О'Келлі, «то була Мена, жінка, не здатна ні на лагідність, ні на любов, бо і те, й інше витравила з неї Ірландія — її люди, її жадібність, її розчарування». Мена каже Сайв, що дитинство у неї було нужденне і важке: «Не було жодного куточка на ліжку, який ми могли б назвати своїм». Її життя — це постійна боротьба за те, щоб звести кінці з кінцями, а бездітність неминуче стає джерелом тривоги і страждань, особливо через насмішки з боку вороже налаштованої свекрухи. Мена, яка дивиться на кохання та шлюб з прагматичного погляду, вважає, що робить Сайв послугу, спонукаючи її вийти заміж за заможного фермера: «Та ти Богові не надякуєшся, що тобі не доведеться до кінця своїх днів працювати мало не за хліб і воду, як бідним жінкам нашого краю».

МАЙК ҐЛАВІН

У сценічних ремарках зазначено, що Майк Ґлавін — «спокійний, звиклий постійно бути в русі чоловік». Разом зі своєю дружиною Меною Ґлавін тяжко працює на родинній фермі. Гроші для Майка Ґлавіна вельми важливі: «Гроші — то людині найкраще товариство». Мена знає, що привабливість чималого «викупу» за Сайв може переконати Майка погодитися на шлюб. Томашінові Шону Руа вона зауважує: «До кількох фунтів він ніколи не був байдужий».

Спочатку Майк Ґлавін категорично проти шлюбу, адже вважає себе батьком, якого у Сайв ніколи не було: «Дівчинка… батька не має. Я за неї відповідаю». Налаштований він рішуче і твердить, що цьому не бувати: «Ніколи!.. Та нехай навіть сонце і місяць із зорями впадуть з небес і розколять землю в мене під ногами… ніколи!». Проте новина про романтичний зв'язок між Сайв та Ліамом Сквабом змінює його бачення ситуації кардинально. Він боїться повторення минулого і ставиться до Ліама з підозрою, адже той — родич батька Сайв, який, на Майкову думку, скривдив колись його сестру. Очевидно, що смерть сестри завдала Ґлавіну тяжкої емоційної травми, і тепер він зганяє злість на Ліамі Сквабі: «Краще йди, Сквабе, або я візьмуся за батіг».

У протистоянні з настирливою й владною Меною Майк Ґлавін постає слабким і мало на що здатним. Мена глузує з нього і натякає на те, що, не схвалюючи шлюбу Сайв із Шоном Дотою, він показує себе м'яким і не демонструє чоловічої твердості. Зрештою, звістка про таємні зустрічі Сайв з Ліамом Сквабом ламає Майка Ґлавіна остаточно і змушує його таки погодитися на шлюб.

Майк Ґлавін — персонаж чутливий, і саме з його вуст ми чуємо чи не найпронизливіші і найпоетичніші репліки у п'єсі: «Це ж усе одно, що взяти білу квітку-пухівку — і кинути її на купу гною». Він щиро любить Сайв. «Ти був для неї більше, ніж батько», — зауважує Нанна. У міру розгортання п'єси Майк Ґлавін виявляє серйозні сумніви щодо запланованого шлюбу. Він розуміє, що Сайв дуже нещасна, і починає у своєму рішенні вагатися: «Не лежить їй до цього серце». Однак до жодних дій ці сумніви не приводять, і він дозволяє Мениній тиранії взяти над собою гору. М'яка, співчутлива частина його єства проявляється, знову ж таки, у той момент, коли він погоджується віддати Сайв листа від Ліама Скваба. Наївний і довірливий, він цілковито переконаний, що нічого шкідливого у тому листі немає, аж Томашін Шон Руа докоряє йому за легковірність: «Ти — найбільший дурень, ідіот, бовдур і телепень на всі сім парафій».

Майкові Ґлавіну болить постійне протистояння між його матір'ю та дружиною. Він розривається між цими двома сильними жінками: «Важко бути під одним дахом хорошим сином і заразом хорошим чоловіком». Напруга життя в такому розбурханому середовищі, мабуть, нестерпна: «Я що, ніколи не матиму від вас усіх спокою?!».

День весілля наближається, і сумління гризе Ґлавіна щораз більше, його проймає дедалі сильніша тривога: «Боже, поможи, але чи правильно я взагалі з дівчиною чиню?». У ніч перед весіллям він несамовито п'є, щоб притлумити свій неспокій. Смерть Сайв, безумовно, завдасть Майкові Ґлавіну страшного удару.

ШОН ДОТА

У п'єсі Шон Дота — персонаж, розвинений далеко не повністю. У сценічних ремарках зазначено, що «на око йому можна дати як 55 років, так і 70», і що він — «невисокий на зріст, уже дещо висхлий чоловік». У громаді Дота — заможний фермер, у нього є «двадцять корів» і «пара слуг, хлопець і дівчина». За словами Томашіна Шона Руа, жінку він шукає вже давно: «А скільки років шукає собі по всьому краю молоду жінку?».

Для Сайв Дота, зрозуміло, — пара небажана і невідповідна. Проте він одержимий нею на фізичному рівні й цілеспрямовано користується послугами свата Томашіна Шона Руа, щоб із нею одружитися. «Кажу тобі, щоб здобути Сайв, він що завгодно візьме», — звіряється Мені Томашін. Коли Мена хитрістю, під надуманим приводом посилає Сайв у супроводі Шона Доти до сусіда, старий мало не до смерті лякає Сайв, бо починає до неї чіплятися — і цим учинком геть відштовхує від себе: «Він ішов зі мною по дорозі, а коли ми проходили повз дебру біля Донала, як на мене кинеться! Мало пальто з мене не зірвав». Петс Бокок знає, що потяг Доти до Сайв підживлюється виключно жаданням і хіттю: «Кохання до неї у ньому немає, він тільки на її тіло зуби точить». Ліам Скваб також розповідає Ґлавінам, що чув, як Дота робив на дорозі грубі, непристойні коментарі на адресу Сайв, говорив таке, що й «повторювати не варто».

Спочатку Шон Дота справляє враження дурного, недалекого старого, особливо коли декламує в домі Ґлавінів безглузді, дитячі віршики: «У Великдень, мов дрібничку, вкрав у мами паляничку». Насправді ж він досить проникливий і корисливий: «До того часу [до весілля] Шон Дота не викладе ні фартинга, навіть не думай». Відштовхуючи Петса Бокока і відмовляючись дати тому грошей, він виявляє скупість та гарячковитість: «Ти ба, які спритні! Гроші на дурняка, та невже?». Коли Сайв топиться, Дота з дому Ґлавінів квапливо тікає. Це свідчить про його провину, адже саме він був ініціатором шлюбу.

Шон Дота є антиподом усього, чим є Ліам Скваб, і легко зрозуміти, чому у Сайв він викликає відразу: «Проти поетів я, зауваж, нічого не маю, проте вони ширять облуду, а на додачу ще й на язик лихі, злодіяки. Негідники, бодай би їм!».

БЛЯХАРІ

Потужна і незабутня присутність Петса Бокока та його сина Карталона додає п'єсі колориту і характеру. За словами Нанни, вони «люди дороги — мандрівний народ, а не прості жебраки». У Петса Бокока одна нога коротша за іншу, і Томашін Шон Руа через це грубо з нього знущається: «Ви тільки на них подивіться! Куцоногий і напівідіот!». Одягається цей дует у складі батька й сина химерно і яскраво, вдихаючи життя в похмуре тло кухні Ґлавінів.

Петс Бокок із Карталоном живуть у фургоні і перебираються з місця на місце, як мандрівні менестрелі, заїжджають у віддалені сільські райони, виступають перед господарями і просять натомість грошей або їжі. За звичаєм, увійшовши у дім до Ґлавінів, вони насамперед щедро вихваляють господаря будинку, Майка Ґлавіна: «О, Майк Ґлавін — чоловік, у фургоні був повік, дім пристойний для усіх». Коли Мена уїдливо запитує, чого їм треба, Петс Бокок ввічливо просить «пушку цукру і дрібку чаю, не більше».

Нанна стверджує, що відмовляти людям дороги — не до добра, але Мена з цією філософією не згодна і грубо їх відштовхує, фізично перешкоджаючи Нанні дати їм чаю і цукру. Вона безсоромно ображає Петса Бокока і Карталона. Так само відверто ображає бляхарів і Томашін Шон Руа, який ганить їх за те, що вони жебракують, а не працюють: «Ото нахаби, найбільші грабіжники на дорогах Ірландії! … Забирайтеся до свого смердючого фургона і не змушуйте поважних людей затуляти носа!». Петс Бокок миттєво на ці насмішки відповідає, з силою стукаючи терновим ціпком по землі і спонукаючи сина до блискавичної реакції: «Карталоне, твою найкращу! Най-найкращу!». У пісні Карталон під мелодійний ритм борана викриває Томашіна Шона Руа яскравими, хвилюючими словами: «…бо захланний, як свиня, / і ворон за плугом; / чорнюх з-під гори — Шонцьо Руа!». Справді, протягом усієї п'єси бляхарі не виявляють до свата нічого, крім антипатії, і осипають його соковитими прокльонами: «Нехай верещить від страшенної спраги / очі й мізки 'му хай луснуть від згаги! / От же ж ошуст, дурилюд!».

У п'єсі Петс Бокок і Карталон уособлюють правду, щирість і моральну порядність. Героїчним жестом вони допомагають Ліамові Скваб розробити план порятунку Сайв від розпусного Шона Доти. Петс Бокок знає, що Скваб у своєму коханні до Сайв щирий: «Юнак же щиро її кохає». Ліам Скваб хвалить їх, називаючи «бляхарями-піснярами», натомість Шон Дота жорстко їх відштовхує, коли Петс Бокок просить у нього трохи срібла: «Ти ба, які спритні! Гроші на дурняка, та невже?».

Бляхарі виконують роль хору з давньогрецької трагедії і коментують тривожний перебіг подій навколо шлюбу: «Ох, утопили милу Сайв, спочила у безодні. / Не матиме весілля, не буде невістою, / лежить тут, щоб у землю йти зовсім ще молодою».

У сільській місцевості такі-от «люди дороги» виконували важливу функцію: приносили мешканцям віддалених місцевостей новини. У ніч перед весіллям добре обізнаний з усім навколо Петс Бокок надає родині Ґлавінів розважливий соціальний коментар щодо змін, які відбуваються в суспільстві: «Новим господарем землі буде фермер... Всюди будуть великі зміни».

ЛІАМ СКВАБ

Ліам Скваб — тесля віком близько дев'ятнадцяти років, рідня покійного батька Сайв. Зі сценічних ремарок нам відомо, що Скваб «гарний та мужній і говорить культурно, ба навіть вишукано». Він змальований як лагідний і освічений молодий чоловік, закоханий у Сайв і здатний чітко висловлювати свої думки. Томашін Шон Руа скаржиться, що Скваб, залицяючись до Сайв, «гарні слова» знайде точно, а Майк Ґлавін з глибокою підозрою каже: «Язик [у тебе] добре підвішений, говориш як по-писаному».

Ліам Скваб представляє нове обличчя Ірландії, яка змінюється. Концепція сватання йому не зрозуміла: «Уяви собі, вряджати шлюби між людьми, які раніше в очі одне одного не бачили». Він відданий Сайв і спочатку, протестуючи проти запланованого шлюбу, з Ґлавінами ввічливий і чемний. Його самого цей шлюб жахає, і він говорить про нього як про «страшні торги». Ліам доходить до того, що обіцяє Ґлавінам покинути рідний край, поки Сайв не подорослішає, аби тільки вони від свого задуму відмовилися. Він дбає про інтереси Сайв і не може допустити, щоб вона стала жертвою «того гнилого старигана зі зловтішними очима і тремтячими руками». Намагаючись пробудити у Ґлавінах совість, Ліам використовує емоційну мову та разючі релігійні образи: «Чи будете просто стояти і дивитися, як одна за одною впиваються в Його безпорадне тіло тверді криві колючки?».

Нанна з Петсом Бококом вірять, що Ліам Скваб у своєму коханні до Сайв чесний і порядний. У своєму прагненні здобути Сайв Ліам невтомний і робить усе можливе, щоб бути біля неї, намагається втекти з нею, заручившись допомогою Нанни і Петса Бокока.

Коли наприкінці п'єси Ліам Скваб заходить до кухні із мертвою Сайв на руках, глядачі вражені глибиною його кохання до неї: «Яке ж у неї гарне волосся! Таке чудове, шовковисте, біляве!». Через те, що їй довелося зазнати таких страждань, його проймає страшний гнів. Піддавшись у глибокій скорботі істерії, розлючений Скваб звинувачує у смерті Сайв Мену: «Це ти... ти... ти вбила її! Мерзотна брудна сука! Нехай Ісусова рука скарає тебе тут і тепер, щоб ти з місця не зійшла!». Скваб символізує у п'єсі чесність, справедливість і співчуття.

САЙВ

Сайв «близько 18-ти» і вона ходить до середньої школи при монастирі в сусідньому містечку. Вона сирота і живе з дядьком Майком, тіткою Меною і Нанною Ґлавін. Сайв дуже прив'язана до Нанни Ґлавін, і тісний зв'язок між ними глибоко обурює Мену, яка ставиться до Сайв холодно й вороже і вважає, що ходити до школи та не повинна: «В полі тобі, дівчино, треба працювати, з якимось фермером, а не у хмарах літати».

Сайв має таємний роман з Ліамом Свабом і вислизає вночі з дому, щоб зустрітися з ним на болоті. За словами Нанни, «у їхньому коханні є щось таке миле». Традицією сватання поза очі Сайв обурена: «Ти б одружився з людиною, якої ніколи раніше не бачив?».

Сайв — школярка розумна й допитлива, проте й наївна, вона невтомно розпитує бабусю про своїх покійних батьків та обставини своєї появи на світ: «Чому його не було біля мами, коли я народилася?». Здогадавшись про підступні плани Томашіна Шона Руа і Мени, коли остання відправляє її у супроводі Шона Доти з «дорученням» до сусідів, дівчина виявляє проникливість і вміння бачити суть: «Слухай, бабцю, думаю, то був їхній план... але в це так важко повірити». Коли Шон Дота починає до неї приставати, це її сильно мучить і спантеличує.

Мена грає на зацікавленні Сайв минулим і жорстоко й безсердечно ставить її до відома, що вона — позашлюбна дитина: «Ти — безбатченко, звичайне байстря!». Від перспективи одруження з Шоном Дотою Сайв мало не нудить, і вона висловлює Мені свої страхи: «Жити з цим старим я не змогла б ніколи. Ну, уяви собі, що я прокидатимусь щодня зранку — і бачитиму біля себе ту його здрібнілу голівку...». Зламати дух Сайв Мені вдається тоді, коли вона свідомо віддаляє дівчину від Нанни, її захисниці і довіреної особи, й розселяє їх в окремі кімнати, а на додачу ще й одним махом забороняє їй ходити до школи. Переможена, впокорена Сайв безсило скоряється перед Мениною тиранією. Мена також не дає Сайв зустрічатися з Ліамом Сквабом, фактично ув'язнивши її в домі.

З розвитком сюжету Сайв з жвавої та життєрадісної дівчини перетворюється на мляву та зневірену. Коли Мена бреше, що Ліам Скваб заходив побажати Сайв щастя у подружньому житті, ту це просто спустошує. Напередодні весілля з Шоном Дотою Сайв надзвичайно пригнічена і замкнута: «Я зовсім не хочу їсти». Вона скаржиться на головний біль і втомлено йде до своєї кімнати: «Я, мабуть, краще піду спати. У мене просто розколюється голова».

Наприкінці п'єси, коли Ліам Скваб знаходить Сайв мертвою, він розповідає, що бачив, як вона, розгублена і страшенно знервована, несамовито бігла болотом: «Мчала, як вітер, і кричала так, що в мене просто розривалося серце». Шлюб із Шоном Дотою став для Сайв останньою краплею, яка спонукала її накласти на себе руки, втопившись у ямі на болоті.

Передчасна смерть Сайв шокує всіх. Ця «квітка парафії» символізує у п'єсі невинність, красу і доброчесність. Ліам Скваб навіть припускає, що Сайв — це подібна до Христа постать, яку повели на розп'яття: «Чи ж ви забули про Того, хто помер на Голгофі? Чи будете просто стояти і дивитися, як одна за одною впиваються в Його безпорадне тіло тверді криві колючки?».

ТОМАШІН ШОН РУА

Томашін Шон Руа, сват, у п'єсі — персонаж яскравий і динамічний. У сценічних ремарках зазначено, що у свої сорок років він «шельмуватий на вигляд, завжди насторожі». До Ґлавінів Томашін приходить від імені старого Шона Доти, щоб домовитися про шлюб останнього з Сайв. Цілком свідомо і підступно він розкриває мету свого візиту насамперед Мені, щоб заручитися її підтримкою в усіх подальших махінаціях. Нанна відчуває до нього саму лише зневагу: «Підлості в тобі завжди було хоч відбавляй».

Попри свою неосвіченість і неписьменність, людьми Томашін Шон Руа маніпулює просто віртуозно. Він майстерно і швидко переманює на свій бік Мену, пообіцявши Ґлавінам 200 фунтів і гарантувавши, що Нанна після весілля переїде жити до Сайв. Він розумно й хитро навчає Мену, як умовити Сайв погодитися на шлюб: «Тоді будь шовковою, будь хитрою! Візьми її лагідністю». Переконує Мену скористатися своїми сексуальними принадами, щоб схилити до згоди на шлюб Майка: «Уві сні чи наяву, але ти маєш чоловіка з плоті та кісток, і між вами панує згода. Він триматиметься того ж слова, що й ти». Здобуває, врешті, підтримку Майка Ґлавіна, переконуючи того, що Ліам Скваб налаштований щодо Сайв вельми серйозно: «А потім прийде й запропонує дівчині руку і серце!».

Томашін Шон Руа аморальний і безпринципний. До моральних засад йому байдуже, мотивують його лише гроші: «Я матиму сто фунтів». У своєму підході до організації цього шлюбу він діє по-макіавелівськи. Не виявляє жодної поваги до Нанни і разом з Меною бере гору над старою, коли та виступає проти жорстокого поводження з Сайв: «Певна річ, у богадільні таких, як вона, хоч греблю гати... Має човгати по дорозі так само, як решта її рівні». Безжально спонукає

Мену покласти край свободі Сайв, щоб припинити її стосунки з Ліамом Сквабом: «Маємо позбавити їх будь-якої нагоди бачитися».

Щоб зобразити підступний, темний бік сватової натури, Кін використовує демонічні образи. Нанна каже Петсові Бококу: «От і гаразд, Петсе, а то ще долоню собі обпечеш до чортячої лапи». У пісні Карталон посилає у бік Томашіна Шона Руа гостру інвективу: «Нехай кудлая чорт ухопить зрання, бо захланний, як свиня». Аби передати, наскільки той гідний осуду, Петс Бокок використовує яскраві образи тваринного світу: «Ти — кнурячий піхур і свинське рило; ти — псячий послід і осине жало». Коли Ліам Скваб заносить мертве тіло Сайв на кухню до Ґлавінів, Томашін Шон Руа «влізає… щоб глянути на тіло, жахається, нишком-тишком відступає назад і виходить, крадькома озираючись навколо». Така поведінка свідчить про те, що власну провину він добре усвідомлює.

Утім, попри всі свої недоліки, іноді Томашін Шон Руа навіть викликає у нас щось схоже на симпатію. До кохання він ставиться дуже цинічно: «Що відомо таким, як ми, про кохання?». Самого Томашіна, на його думку, шансів на кохання позбавило батькове самогубство, адже гроші, які він відкладав на одруження з дівчиною, про яку «мріяв», пішли тоді на похорон. За твердженням Фінтана О'Тула, коли Томашін зворушливо розповідає про те, як вплинула на його життя батькова смерть, то перетворюється з «упізнаваного компанійського лиходія на постать достоту трагічну». Він — ще одна жертва жахливої тогочасної бідності, дуже ймовірно, психологічно травмована болісним минулим.

Прояви людяності бачимо у Томашіна й тоді, коли чуємо його нарікання на муки самотності: «Знаю, що таке скніти на самоті у домі, де єдине, що почуєш, — то зітхання, останнє зітхання полум'я у пригаслому вогнищі… у домі, де тебе не зігріє жодне людське слово». Весь цей травматичний досвід озлобив його і притупив йому сумління. Наприкінці п'єси Томашін також зазнає відчутної поразки, адже не отримає від Шона Доти обіцяних 100 фунтів, які мали забезпечити йому шлюб із удовою з села.

КУЛЬТУРНИЙ КОНТЕКСТ / СЕРЕДОВИЩЕ

«Суспільство, яке він відображав
у своєму світі, тепер зникло».

— Джон А. Мерфі

Завдяки сценічним ремаркам нам відомо, що «дія п'єси відбувається на кухні невеликого сільського дому Ґлавінів у віддаленій, горбистій частині південної Ірландії… не так і давно, одного пізнього й не вельми погожого березневого вечора». Оскільки п'єсу Кін написав 1959 року, йдеться, найімовірніше, про середину або другу половину 1950-х років.

Бідність

Середина XX ст. була в Ірландії періодом виняткових труднощів і поневірянь через довготермінові наслідки Економічної війни з Великою Британією та важкого глобального спаду після Другої світової війни. Масова еміграція поставила країну на коліна. Власне, за сюжетом покійний батько Сайв, емігрант, і загинув за вісімнадцять років до описаних подій, видобуваючи вугілля в Англії.

Злидні були повсюдними, і в п'єсі вони становлять болісний і неуникненний факт життя. Державна допомога для найменш забезпечених верств населення була незначна або взагалі відсутня. Бляхарям доводиться жебракувати: «…порядний чоловік дав нам отакенний окраєць хліба». Майк і Мена Ґлавіни живуть просто й ощадливо. Їхнє життя повниться тривогою про гроші. Господарство ведеться відповідно до суворого бюджету: «У нас жодне зароблене пенні не пропаде». Ні Майк, ні Мена не терплять марнотратства: «Чаю в нас і так негусто, нічого його марнувати, тим більше о такій пізній годині». Нелегко, мабуть, намагатися фінансувати освіту Сайв і зводити кінці з кінцями на не надто родючій землі: «Глянь, що прижила у шлюбі я: чотири корови на схилі гори та кілька акрів болота». Відповідно, нескладно зрозуміти, як, живучи в таких скрутних умовах, Ґлавіни могли спокуситися на можливість дістати значний «викуп» за Сайв. «Якщо ми видамо її заміж, то отримаємо двісті фунтів… Ми довго зводили кінці з кінцями», — каже Майкові Мена.

Нестача грошей впливає на життя багатьох персонажів п'єси. Мена з сумом згадує своє неблагополучне дитинство, а Томашін Шон Руа скаржиться: «У батьковім домі яблуку ніде було впасти, а долі лише кіш бульби стояв, то тою бульбою ми здебільша й живились». Сват зізнається Мені, що не міг дозволити собі одружитися, бо мусив заплатити за похорон батька, продавши двох свиней, яких відгодував, щоб оплатити своє одруження. Однак Кін натякає, що проблиск надії для економіки, а отже, і для тих, хто працює на землі, вже помітний. На початку п'єси Майк Ґлавін повертається додому задоволений виручкою у ярмарковий день і хвалиться Мені, що крамарі тепер йому кланяються, хоч раніше «навіть пів мішка борошна у борг дати не хотіли — відразу їм гроші на бочку». Наприкінці п'єси Петс Бокок проникливо розповідає про те, що занепад для фермера добігає кінця: «Дрібний селянин, в якого тільки й усього, що одна корова, свиня та клаптик болота, стає на ноги».

Релігія

У п'єсі Кін не засуджує Католицьку церкву відкрито, а радше тонко показує, наскільки сильним було панування та контроль над тогочасним ірландським життям з боку цього потужного бастіону. За словами історика Джона А. Мерфі, Кін «публічно кинув виклик репресивному сексуальному пуританству та клерикальній тиранії». Втручання Церкви в питання сексуальності проглядається у соромі та ганьбі, що випали на долю Сайв, оскільки вона народилася поза шлюбом без батька: «Дитина народилася поза шлюбом. Це добре відомо всій парафії, від одного краю до іншого. Що ще їй залишається, коли вона не може назвати ім'я свого батька?.. Хто її візьме, коли над нею висить така пляма і такий сумнів?». Мена намагається переконати Сайв: доки вона «не вийде заміж», розраховувати на якусь ідентичність чи респектабельність їй годі.

Репресивний авторитарний характер Католицької церкви простежується також у перестрашеній реакції Майка на самогубство Сайв. До 1960-х років Церква самогубства засуджувала і не дозволяла хоронити самогубців у освяченій землі. Прагнучи, мабуть, уникнути суворого осуду з боку духовенства і пов'язаної з самогубством жахливої стигми, Майк категорично наполягає на тому, що Сайв мають поховати у святій землі: «Священник... треба піти по священника... їй треба священника... Свята земля... її мають поховати у святій землі... священник... я маю піти по священника...».

Для дійових осіб п'єси релігія має першорядне значення. П'єса насичена релігійними виразами й образами, які були невід'ємною частиною природної народної мови: «Бережіть нас, святі угодники», «Бог нам у поміч», «твоя мати, нехай змилосердиться над нею Господь», «заради Бога» тощо. Повага і шана до місцевого священника проявляється, примі-ром, у тому, що, перш ніж іти до нього домовлятися про вінчання, Майк вирішує поголитися.

Хоча всі дійові особи на позір глибоко віруючі і керуються переважно засадами й жорстким етосом Церкви, у п'єсі також згадуються прокляття, надприродне, забобони і диявол. Почасти все це походить, ймовірно, ще з часів язичницької дохристиянської Ірландії. Томашін Шон Руа говорить про «фуку, того ґобліна з божевільними, схожими на вуглинки червоними очима, які жевріють у нього на виду». П'єса рясніє яскравими, сильними прокльонами, зовсім чужими традиційному церковному вченню: «Хай 'му кури камінням несуться, хай 'му кості на вітрі трясуться».

Роль статей

Ірландія 1950-х років була назагал орієнтована на чоловіків. Патріархальний характер суспільства простежується і в укладанні шлюбів за домовленістю. Мена уклала шлюб з Майком Ґлавіном за власним бажанням. У 1950-х роках шлюби за домовленістю були вже не надто поширеним явищем, і саме тому багато хто з головних героїв так голосно заперечує проти абсурдного союзу Сайв з Шоном Дотою. Однак Сайв у вирішенні своєї долі права голосу не має, і її змушують погодитися на шлюб, б'ючи, образно кажучи, прямо в чоло.

На той час, схоже, середня освіта була для дівчат-підлітків радше привілеєм, аніж правом. Мену школярство Сайв щиро ображає: «От навіщо щодня відправляти ту малу мандрьоху в монастир, а не в поле, до якогось фермера, щоби щось трохи заробляла?».

Незважаючи на те, що назагал світ п'єси контролюють чоловіки, жінки у ній сильні, здібні та рішучі. Мена — це аж ніяк не стереотипна скромна і покірна дружина 1950-х років. Працює вона так само важко, як і будь-який чоловік на фермі; це зухвала, амбітна жінка, яка завдяки власній винахідливості та рішучості бере гору над своїм тихим чоловіком. Вона агресивна, сильна і небезпечна: «А я за щипці [візьмуся]. Від них смуги не гірші». Нанна ж Ґлавін ламає шаблон м'якої, лагідної бабусі. Вона жорстка і відважно виступає проти експлуатації Сайв: «На цьому домі лежить прокляття зла. Твоя небіжка-сестра і моя небіжка-донька прокляне його з могили».

Класові структури

Більшість персонажів п'єси перебуває у рівному економічному та соціальному становищі, оскільки всепроникна бідність висить, схоже, над усіма. Шон Дота, потужний фермер, — єдина серед них заможна людина: у нього «двадцять корів на пасовиську». Шкільний учитель, лікар і священник користуються великою пошаною і займають вищі щаблі на соціальній драбині: «Школа — для вчителів і дітей», — каже Мена Сайв.

Бляхарів відносять до найнижчого суспільного прошарку. Мена з ними нічого мати не хоче, як і Томашін Шон Руа та Шон Дота: «Забирайтеся до свого смердючого фургона і не змушуйте поважних людей затуляти носа!». Нанна ж та Ліам Скваб, навпаки, їхньому товариству радіють: «Нехай оберігає тебе, Петсе, Бог на дорогах, якими ти мандруєш…».

Звичаї та традиції

Кін пропонує нам моментальний знімок суспільних звичаїв і традицій в Ірландії того часу. Ритуали сватання розглядаються глибоко і детально. Кухня в сільському домі з усіма властивими їй символами — відкритим вогнищем, кужбою, сковородою з довгою ручкою, стільцями з плетеними з солом'яної мотузки сидіннями, бідоном для молока та мішками з разовим і звичайним борошном — також вказує на радше традиційний, самодостатній спосіб життя. Все тут обертається навколо землі. Мена пере одяг вручну і пече хліб, а водночас дбає про господарство: «Приглянь за хлібом. Я вийду, дам сіна коровам». У попередній частині п'єси Майк шевською голкою лагодить хомут для поні.

У 1950-х роках електрифікація в сільській місцевості охопила ще далеко не всі оселі. За джерела світла для Ґлавінів правили гасова лампа та полум'я відкритого вогнища. Найпопулярнішими способами пересування були, таке враження, піша хода та їзда на велосипеді, автомобіль же залишався прерогативою шкільного вчителя, заможного фермера та лікаря.

Ходити пішки в ті часи було популярно: «Ми тут проходили мимо…», — заявляє Томашін Шон Руа, коли вперше приводить до Ґлавінів Шона Доту. Новини та назагал будь-які відомості поширюється з уст в уста і через бляхарів. Це схильна до пліток, згуртована спільнота, про що свідчить місцевий інтерес до скандалу зі сватанням Шона Доти до Сайв:

«[Про це] на кожному перехресті тільки й мови». Про ту епоху Кін сказав так: «Сільська громада була тоді однією великою родиною».

Дуже популярною в ті часи була глиняна люлька, про що свідчить Наннина пристрасть до неї. Ґлавіни п'ють молоко прямо з бідона і їдять просту, невибагливу їжу: «Бульба зварилася. Зготую ще ринку цибулевої підливи».

Сімейні структури

У середині XX ст. в тому, що три покоління жили під одним дахом, як то описано у «Сайв», не було нічого незвичайного. Ця система працювала відносно успішно, адже батьки займалися господарством, а старша жінка тим часом допомагала з домашніми обов'язками і доглядала за дітьми. У «Сайв» такий розподіл, утім, не працює через постійне тертя між Нанною і Меною. Мена почувається ізольованою від Нанни та Сайв, і це створює в домі неприємну атмосферу: «...варто мені відвернутися, як ти вже шепочешся по кутках з тою набурмосеною старою». Для Майка Ґлавіна взаємна ненависть між дружиною та матір'ю просто нестерпна: «Ви ніколи не перестанете мене діймати?».

ТЕМИ ТА ПРОБЛЕМИ

Самотність

За словами Кона Гаулігана, «п'єси Джона Б. проливають яскраве світло на "приховану Ірландію", на світ бідності, самотності та сексуального невдоволення».

Самотність — центральна тема «Сайв». Місце дії п'єси — похмуре й усамітнене, описані події відбуваються «у віддаленій, горбистій частині південної Ірландії». Сільськогосподарські угіддя тут далеко не найкращі, зовсім поряд — чималі болота. Населений той терен, схоже, геть не густо, проте є згадка про оселю Шеймуса Донала в «кінці путівця». Незважаючи на це, Ґлавіни, таке враження, перебувають далеко від суспільства: «Я… піду додому короткою дорогою, через гору», — каже Томашін Шон Руа. Алюзії на фуку та диявола нікого не дивують і лише посилюють відчуття ізоляції: «Але подумай про темряву, дівчинко, і про фуку».

П'єса викриває гірку людську самотність, властиву сільській Ірландії 1950-х років. Можливо, це дещо іронічно й несподівано, але в образі Томашіна Шона Руа втілено, зокрема, й відчай і страждання сільського холостяка. Томашін шкодує, що через самогубство батька й невблаганну бідність не зміг одружитися. Він розуміє біль самотності і проникливо розповідає про життя на самоті: «Знаю, що таке скніти на самоті у домі, де єдине, що почуєш, — то зітхання, останнє зітхання полум'я у пригаслому вогнищі… у домі, де тебе не зігріє жодне людське слово». Оплакує відсутність фізичної любові та людського спілкування: «Я знаю, як воно чоловікові без жінки, яка ділить з ним ліжко». Далі зізнається, що для розради доводиться звертатися до алкоголю: «…або тяжко п'є, або суне куди очі зирять під чорним небом, коли кожне-кожнісіньке око вже давно склепив сон». Томашін Шон Руа сподівається, що 100 фунтів, які він заробить на шлюбі Шона Доти й Сайв, забезпечать шлюб йому самому: «Тепер мені не так уже й сумно! Є одна вдова, яка живе в невеличкому домі за селом. Сто фунтів допоможуть мені осісти в неї».

Шон Дота — ще один самотній, фізично розчарований холостяк. «А скільки років шукає собі по всьому краю молоду жінку?». Його відчайдушна пристрасть до Сайв така сильна, що він готовий ризикувати кпинами і презирством, аби тільки її здобути. Шонова хтивість і жага до фізичного контакту з жінкою проявляються тоді, коли він чіпляється до Сайв, супроводжуючи її до сусідів, а також у непристойних, вульгарних коментарях на її адресу, до яких удається на дорозі. Почувши від Петса Бокока в ніч перед весіллям, що одруження, мовляв, буде для нього спочинком, Шон лиш обурено сміється і перепитує: «Спочинком?». Шон Дота сексуально одержимий Сайв, і це — наслідок самотнього життя впродовж багатьох років: «Він тільки на її тіло зуби точить», — каже Петс Бокок Нанні.

Гостру самотність переживає наприкінці п'єси і Сайв. Опинившись в тенетах у Мени й Томашіна Шона Руа, вона почувається беззахисною і покинутою. Мена забрала її зі школи і від Нанни, а на довершення усіх своїх нещасть вона ще й повірила Мениній брехні про те, що Ліам Скваб тією чи іншою мірою від неї відвернувся. Грубе одкровення Мени про те, що вона — «звичайне байстря», мусило стати для неї важким ударом. Покинута і розгублена, геть розбита, Сайв накладає на себе руки: «Я бачив, як вона бігла через болото в одній лише легенькій сукенці супроти нічного холоду. Мчала, як вітер, і кричала так, що в мене просто розривалося серце. Я гукав, але вона не зупинялася. Сама відібрала у себе життя».

Кохання та шлюб

Твердолоба Мена кохання бачить у сенсі суто практичному, діловому, приземленому. Вона розповідає Сайв, що молодою дівчиною прагнула вирватися з тенет бідності свого дитинства, і стверджує, що невтомно працювала, аби заробити собі на посаг і укласти надійний шлюб, забезпечивши стабільність і незалежність свого дому: «Ми готові були вбивати. Благати, позичати, красти. У самого диявола жбурляти жаринами, аби тільки залишити позаду свої злидні і створити дім з чоловіком, з будь-яким чоловіком, що дарував би нам чотири стіни, доки перебував би на цьому світі».

Романтичне кохання не має для Майка і Мени Ґлавінів жодного значення. На закохану пару вони аж ніяк не схожі і відкрито прихильності одне до одного не виявляють, а спілкуються здебільшого про суворі, повсякденні реалії життя: «Що в тебе у сковороді?» Коли Майк Ґлавін заперечує проти наміру видати Сайв заміж на тій підставі, що та «мріятиме про кохання з молодим чоловіком», Томашін Шон Руа насміхається з нього і подає промовистий опис кохання в сільській Ірландії 1950-х років: «Кохання! Та Бога ради, що відомо таким, як ми, про кохання? … Він коли-небудь гладив тебе за вушком чи, може, пальці запускав тобі у волосся і казав, що й Шеннон заради тебе переплив би?».

Молоде покоління у п'єсі вважає ідею сватання відразливою та огидною, вона суперечить їхнім уявленням про кохання: «Ти б одружився з людиною, якої ніколи раніше не бачив?» — запитує Сайв у Ліама Скваба. Нанна стверджує, що «в їхньому коханні є щось таке миле». Їхнє кохання ніжне, лагідне і невинне: «Я б не одружився ні з ким, крім тебе». Ліам Скваб вважає, що за це кохання варто боротися, і відкрито кидає виклик Майку Ґлавіну: «Ти не можеш розпоряджатися життям і щастям двох людей, які кохають одне одного». Як сильно Сайв закохана в Ліама Скваба, ми розуміємо, коли вона не може отямитися від горя, почувши Менину брехню про те, що він начебто бажав їй щастя після весілля: «Ох, Ліам ніколи не міг би щось таке зробити!».

Щирою, всепоглинаючою любов'ю до Сайв зумовлений і емоційний вибух Ліама вже після смерті дівчини: «Яке ж у неї гарне волосся! Таке чудове, шовковисте, біляве!».

ЛІТЕРАТУРНИЙ ЖАНР

Про деякі п'єси Кіна і про «Сайв» зокрема критик Фінтан О'Тул висловився так: «Вони не просто меланхолійні, сумні чи похмурі, вони трагічні у повному, давньогрецькому, шекспірівському розумінні, і "Сайв" — одна з них». Хоча «Сайв» містить деякі мотиви народної драми, п'єса має всі необхідні елементи, які дозволяють упевнено визначити її як трагедію. Фінал у неї нещасливий, достоту катастрофічний: «...лежить тут, щоб у землю йти зовсім ще молодою».

Як це буває в трагедіях, бачимо широкі мелодраматичні штрихи: «Нехай Ісусова рука скарає тебе тут і тепер, щоб ти з місця не зійшла!». Напруга повільно наростає, і врешті-решт настає катастрофічний фінал: «Її нема, кажу вам! Вікно в кімнаті відчинене!». Літературна концепція трагічного героя розглядається у п'єсі крізь призму недосконалих характерів Томашіна Шона Руа та Мени. Хоча ці ключові герої п'єси дволикі та брехливі, у кульмінаційні моменти вони, подібно до традиційного трагічного героя давньогрецької та шекспірівської трагедії, виявляють людську вразливість: «Я знаю, що таке довгі-предовгі нічні години».

Гумор

Кін використовує гумор як драматичний прийом, що допомагає підняти драму з глибин відчаю. Жваві діалоги між Нанною та Меною часом і справді надзвичайно кумедні:

Мена: Колись ця люлька спалахне там, де ти її сховала, і ти вибухнеш великим чорним клубом диму та попелу.

Нанна: Якщо так і станеться, то я вже помолюся, щоб мене понесло вітром до тебе.

Томашін Шон Руа також полегшує загалом важкий настрій п'єси своїми гострими дотепами — тоді, наприклад, коли висміює Майка Ґлавіна як потенційного коханця: «А може, глупої ночі, коли ви залишалися наодинці, [Майк] пісень про кохання тобі співав? Та він скоріш уткнеться рилом у миску м'ясця з капустою або вгодованій льосі спинку потре, ніж шепне тобі кілька ніжних слів».

Музика і пісня

Кін використовує музику і пісню як засіб, що допомагає оживити й освіжити п'єсу завдяки яскравим образам Петса Бокока і Карталона. Ритмічне постукування тернового ціпка Петса Бокока по підлозі, експресивна пісня Карталона під чіткий ритм борана — все це разом додає діалогу напруги. Їхні разючі, ширші, таке враження, за саме життя тексти та барвисті прокльони справляють неабиякий вплив на глядачів: «Хай блохи зжеруть 'му барліг / болячки хай б'ють навідліг / чорнюха з-під гори, Шонця Руа». Наприкінці п'єси вони додають пафосу смерті Сайв: «О, люди праведні і добрі, прийдім-прийдім / сумну історію я зараз вам всім повім / про дівчину-красуню, що згинула сьогодні».

Мова та образи

Сенатор Моріс Хейз сказав про мову Кінових творів так: «То була, власне, мова: багатющий потік, блискучі метафори і порівняння, суміш ірландських та англійських слів, відчуття перебування між двома мовами, двома культурами».

П'єса «Сайв» багата на захоплюючі, яскраві образи. Чимало цих образів почерпнуто зі світу природи, що відображає тісний зв'язок дійових осіб із середовищем, у якому вони перебувають: «З-за гребня гори дме вітер такий гострий, наче вепрові ікла». Трапляються згадки про свійських і диких тварин та риб, які, знову ж таки, свідчать про глибинні знання героїв про свої землі і води: «Ти — кнурячий піхур і свинське рило; ти — псячий послід і осине жало».

Мова має поетичний, ліричний характер. Чільне місце відведено персоніфікації: «Місяць нині на небі якийсь шалений, а зорі геть показилися, вищать і ревуть там одна на одну». П'єса рясніє різноманітними порівняннями: «Дівча ж норовисте, як лоша», «Не ходи околяса, як лосось у ставку». Метафори також слугують для посилення та акцентування діалогу: «Насіння посіяне, цвіт розквітне». Музичного звучання надає мові алітерація: «ссало б і смоктало», «тикається і микається», «від світання до смеркання». У деяких хвилюючих і драматичних образах стрічаємо гіперболу: «Той ще батечко — напівголодний гордяк-жебрак, та ще й іспанська кров у жилах бурхотала — чисто тобі голодний хортячий приплідок».

Кін явно прагнув зафіксувати у п'єсі природну народну мову мешканців північної частини графства Керрі. За життя він записував уривки з розмов сусідів, друзів та відвідувачів свого бару і стверджував, що діалект північного Керрі був «дитям кохання двох мов — єлизаветинської англійської та бардівської ірландської». Хоч ірландською мовою у північному Керрі не розмовляють вже сотні років, в середині XX ст. у тамтешньому діалекті ще були помітні сліди гельської ідіоматики, і Кін ретельно її відтворює, унікальною і незвичайною мовою*. Багато ірландських слів і фраз, що походять безпосередньо з гельської, природно і вільно вливаються в діалог; трапляються й англізовані запозичення з ірландської. Збагачують діалог деякі північноірландські звороти. Кінова мова — виняткова, оскільки її щедро приправлено характерною для північного Керрі ідіоматикою.

---

* В українській версії п'єси перекладач намагався максимально зберегти колоритну мову автора, замінюючи ірландські слова і звороти відповідниками з українських діалектів (*прим. перекладача*).

БАЧЕННЯ І ПОГЛЯДИ

Початок: похмурий тон

П'єса починається конфліктом і протистоянням між Меною та Нанною Ґлавін, і ця суперечлива атмосфера надає п'єсі похмурого тону, що збережеться до самого кінця. Хоча подекуди словесні перепалки між цими двома сильними жінками звучать навіть комічно, їхня неприхована ненависть одна до одної на жодну надію чи позитив не налаштовує. Ці напружені стосунки впираються у потворну, зловтішну межу: «Ліпше б ти на цю пору трьох-чотирьох дітей народила».

Кидаючи Сайв, невинну «гарненьку молоду дівчину», в таку-от вибухову, сварливу атмосферу, Кін показує, що проти агресії та знущань добро і чеснота не мають жодного шансу. Хоча Нанна від самого початку робить для Сайв усе, що може, тітка Мена її переслідує і ображає: «З тебе теж нічого доброго не буде, як і з тої колись!».

Починаючи п'єсу з опису такої неприхованої ворожості, Кін прочиняє двері до темного, сповненого ненависті світу.

Бачення і погляди
тогочасного суспільства

Ірландський світ 1950-х років похмурому настрою п'єси значною мірою сприяє. Сприйняття цього суспільства з боку Кіна загалом розчаровує і розхолоджує.

Він показує, як бідність позбавила суспільство будь-яких моральних принципів. Важка тогочасна економічна ситуація змушувала доведених до відчаю дійових осіб п'єси вдаватися до відчайдушних заходів. Як драматичний засіб для ілюстрації цієї точки зору, Кін використовує Мену. Її характер формує злиденне минуле, здатність розрізняти добро і зло у неї притлумлена, як, зрештою, і совість.

Вона жорстоко змушує Сайв дати згоду на шлюб. Підштовхуючи Ґлавінів і Сайв до цієї огидної оборудки, запихає свою совість в найдальший закапелок заради грошей і Томашін Шон Руа: «Я матиму сто фунтів».

Кін припускає, що створити це похмуре, нетерпиме суспільство допомогла репресивна Католицька церква. Теми самогубства і сексуальності були в Ірландії 1950-х років під забороною через схильне до обмежень бачення духовенства. Переконаність у тому, що Сайв тим чи іншим чином заплямована, а чи навіть зіпсована лише через те, що народилася поза шлюбом, демонструє обмеженість поглядів суспільства, яке перебувало під сильним впливом Церкви. Холодне, позбавлене співчуття ставлення до самогубства показане й наприкінці п'єси, коли Майк наполягає на тому, щоб Сайв поховали у «святій землі».

Хоча загальний настрій п'єси похмурий і песимістичний, є все ж свідчення на користь того, що економічна криза ось-ось закінчиться і розпочнуться зміни на краще; про це говорить наприкінці п'єси Петс Бокок: «Скрізь заробляють гроші. Обличчя краю змінюється. Дрібний селянин, в якого тільки й усього, що одна корова, свиня та клаптик болота, стає на ноги».

Образи та символи

Щоб відобразити своє бачення та погляди, Кін використовує багато ефективних символів та образів. Неодноразово згадуючи диявола, він нагадує, що перед нами — згубний світ, який дозволяє злу процвітати: «Нехай кудлая чорт ухопить зрання». Зайвий раз підтверджує цю точку зору і згадка про страшного «фуку».

Значна кількість образів природи і тварин підкреслює твердження Кіна про те, що це суспільство просто схибнуте на землі, аж нею одержиме: «Ну от викапане мале пація: ссало б і смоктало все, до чого допадеться». Так само потужним символом є гроші, що підкреслює жадібність і зажерливість деяких ключових дійових осіб: «Подумай про двісті соверенів у жмені».

Фінал: бачення і погляди

Завершується п'єса на вкрай похмурій і трагічній ноті. Переможців тут немає. Самогубство Сайв руйнує життя ключових персонажів. Їхні надії та сподівання розбиті вщент.

Від Мениної мрії позбутися Нанни й отримати фінансову вигоду від шлюбу зосталися самі друзки. У спадок їй залишиться хіба що довічне відчуття провини, докори і звинувачення, що проявляються, наприклад, у тому, як люто кидається на неї Ліам Скваб: «Забирайся геть!.. Геть!.. Ти забруднюєш її чистий дух своєю присутністю. Геть, відьмо!». Майка Ґлавіна, без сумніву, ще довго мучитиме совість. Кін докладає неабияких зусиль, аби показати нам, у якому вузькому, ізольованому, похмурому світі живуть герої, і робить це, зокрема, змальовуючи реакцію Майка Ґлавіна на смерть Сайв. Острах Майка перед священником і ймовірним паплюженням прізвища Ґлавінів через самогубчу смерть свідчить, з одного боку, про його провину, а з іншого — про страх перед суворою тогочасною Церквою.

Життя у безнадії та самотності чекає, швидше за все, на Томашіна Шона Руа та Шона Доту. Сват не отримає обіцяного гонорару і не одружиться зі своєю вдовою, а Дота не матиме Сайв. Стривожені, вони намагаються зняти з себе провину, тікаючи з кухні Ґлавінів: «Томашін влізає поміж них, щоб глянути на тіло, жахається, нишком-тишком відступає назад і виходить, крадькома озираючись навколо. Це помічає лише Шон Дота, який тихенько йде, задкуючи, за ним до дверей і також виходить».

У фіналі п'єси бляхарі не шкодують нікого і не гаються з висновком: Сайв убили. Моторошні слова їхньої пісні породжують візію небезпечного, населеного загрозливими, зловмисними істотами світу:

Ох, утопили милу Сайв,
          спочила у безодні.
Не матиме весілля,
          не буде невістою,
лежить тут, щоб у землю йти
          зовсім ще молодою.

У самому кінці увагу глядачів привертає, однак, Нанна, яка мовчки плаче над тілом Сайв. Її гідна скорбота підкреслює загальне бачення втрати та меланхолії у п'єсі.

ГЕРОЇ/ЛИХОДІЇ

- Непопулярні персонажі Кіна — не цілковиті монстри. Це не мерзенні, одновимірні лиходії з пантомім чи казок. Мена і Томашін Шон Руа чинять серйозні злодіяння, особливо тоді, коли примушують Сайв до шлюбу і жорстоко поводяться з Нанною. Однак на певних етапах п'єси вони викликають у нас співчуття. Нам шкода Томашіна Шона Руа, коли він розповідає про самогубство свого батька і про болісну самотність, яку випала на його долю через відсутність супутниці життя. Так само шкода нам і Мени, коли Нанна принижує її за бездітність і коли вона розповідає про своє убоге дитинство.

- Героїзм у «Сайв» виявляється у незвичних місцях. Бляхарі символізують у п'єсі доброту і відвагу. Вони не вагаються виступати проти шлюбу в пісні і намагаються дати Сайв можливість утекти з Ліамом Сквабом. Нанна також проявляє безстрашність, коли героїчно робить все, що їй до снаги, аби завадити шлюбові.

- Ліам Скваб втілює у п'єсі героїзм і шляхетність. Він сміливо благає Ґлавінів відмовитися від шлюбу й робить усе можливе, щоб урятувати Сайв від жорстокої долі. Наприкінці п'єси саме Ліам стає для Кіна таким собі рупором, коли автор показує небезпечні наслідки шлюбів із примусу.

- Сайв — безневинна, не здатна завдати комусь шкоди дівчина, яка уособлює в п'єсі красу і невинність.

СТОСУНКИ

- Стосунки між Нанною та Меною Ґлавін — глибоко порочні. Вони не виявляють одна до одної нічого, крім несамовитого презирства. Мена ревнує Нанну до Сайв і знай нарікає на те, що та курить люльку. На Менині закиди Нанна відповідає образливими зауваженнями про її бездітність. Ці огидні стосунки між свекрухою і невісткою створюють в домі Ґлавінів вельми неприємну атмосферу.

- Натомість стосунки між Ліамом Сквабом і Сайв теплі, сповнені любові та ніжності. Так само дуже ласкаво ставляться одна до одної Нанна і Сайв. Велику повагу виявляють навзаєм Нанна з бляхарями.

ДЖОН Б. КІН

Джон Б. Кін, драматург, поет і письменник, народився в Лістовелі, що у графстві Керрі, 1928-го року і помер там-таки 30 травня 2002-го року. Кін — один із найпопулярніших авторів Ірландії, відомий, зокрема, своїми п'єсами «Поле», «Велика Меггі» та «Могила Шарон».